# 是春天為我們開門的時候了

## 一個台灣詩人 心的秘密

李敏勇——著

# 〈序說〉我的詩の物語——詩的秘密，心的秘密

李敏勇

一九六九年，我出版第一本書《雲的語言》，收錄了我文學青年時期發表於報紙、雜誌的詩與散文作品。但是，我是在那本書出版之後，寫下〈遺物〉，才感覺自己走上詩人之路的。〈遺物〉是以一位女性，一位陣亡遺屬的發言，形成的一首詩。我的青春過敏期以詩作為練習曲，因〈遺物〉的出現而告一段落。從此，詩在我心中具有更莊嚴的意義。

隨著年齡的成長和時代的變遷，我的一九七〇年代詩作以《鎮魂歌》和《野生思考》結集；一九八〇年代詩作以《戒嚴風景》結集；一九九〇年代，則有《傾斜的島》和《心的奏鳴曲》；進入二十一世紀的詩集是《自白書》。除最新詩集《自白書》，之前的詩集已分別編為《青春腐蝕畫》與《島嶼奏鳴曲》。

詩，藏有秘密。這是語言精靈的作用，或光或影，或明亮或黝暗。藝術的作用或時代的情境因應，詩人把意志與感情藏在語言的隙縫。一部有關智利詩人聶魯達

（Pablo Neruda，一九〇四—一九七三）的電影《郵差》，詩人回應片中的郵差，說詩是「Metaphor」（暗喻），直指秘密的核心。

回顧自己詩的歷程，《鎮魂歌》的反戰視野；《野生思考》的政治與社會批評；《戒嚴風景》的環境公害控訴與戒嚴省思。在那禁制的時代，詩應該是文學中最能留下見證的形式。解嚴以後的《傾斜的島》直指我們國度的迷惘與崩壞；《心的奏鳴曲》則從緊繃的情境釋放，在生活中尋求抒情的突破；《自白書》交織抒情與批評的光影。

在一本有關我的傳記書《詩的信使》，我被以「市民詩人」稱之。那是探看我詩的形跡，從戒嚴到解嚴，不斷見證時代、憧憬文明社會的形成，以詩的信息留下秘密的證言而有以致之。腐蝕畫與奏鳴曲，隱含著我的詩的光影。在光影裡，語言以行句的形式探觸著心。

作為一個戰後世代的台灣詩人，我的戰後詩視野既見證時代，也探觸著心。在寫詩的歷程，我也讀詩——我們國度的詩人作品或世界詩人的作品。一九九〇年代起，我分別出版本國詩人和外國詩人作品的譯讀書，體認到閱讀是一種翻譯，翻譯也是一種閱讀的心得。從《詩情與詩想》《綻放語言的玫瑰》和《亮在紙頁的光》《台灣詩閱讀》起，我在圓神出版了《經由一顆溫柔心》《在寂靜的邊緣歌唱》

《遠方的信使》等國內外詩的譯讀書；在其他出版社的書系也有《溫柔些，再溫柔些》《顫慄心風景》《詩的異國心靈之旅》以及《啊，福爾摩沙》等，探尋詩的秘密，巡梭詩的風景，成為我墾拓的作業。

我的詩の物語，是我從自己的詩〈遺物〉展開的系列，自己詩的秘密與風景的探尋與巡梭，我嘗試選擇自己的詩，進行內心的告白。在探看台灣的詩人和世界的詩人作品之後，我對自己進行探索。收錄了五十首詩、五十篇物語，編綴成另一種形式的詩風景。

從〈奧藍的水平線〉〈是春天為我們開門的時候了〉〈記憶的風景〉到〈花自己就是生命〉〈一首詩應該是一個許諾〉，每一輯有十首詩，時間穿越自一九六〇年代末到一九七〇年代，一九八〇年代到一九九〇年代，經歷了戒嚴時期到解嚴。輯間的詩的光影印拓了我們的時代，也探觸了橫跨時代的心靈顫動。

這些詩の物語也許是我詩人生涯的前半期走過的行跡，是我對自己詩作的自白書。我把自己詩的秘密、心的秘密坦露在相對於每一首詩的隨筆裡。彷彿供狀一般存在的詩の物語，像詩之鑰，可以輕啟我詩的門扉，探尋我隱藏在詩的行句之間的詩情與詩想。

我這麼思忖著。一些相關於我的詩與其他文類的論著，浮現在我的腦海。一位德國波鴻魯爾大學研究生晨悟（Wasim Hussain）的《認同的探索在台灣：詩人和批評家李敏勇》（IDENTITÄTSSUCHE IN TAIWAN:DER DICHTER UND KULTURKRITIKER LI MINYONG，1997）；台灣師大國文所何元亨《李敏勇現代詩研究》（2007）；中山大學中文所王麗雯《笠詩社戰後世代八家研究》（2007）；中興大學台文所陳鴻逸《記憶與詩語——以李敏勇、陳鴻森詩作為例》（2007）；彰化師大國文所黃怡慈《李敏勇作品研究——以現代詩為觀察範疇》（2007）；中正大學台文所鄭靜穗《李敏勇的文學創作與文化活動之研究》（2009）。這些人有心的探索都是顯出我詩的光譜。蔡佩君《詩的信使——李敏勇》（2010）這本傳記書，更將我的詩文本和我對文化、社會、政治的思考與介入以及如何相互滲透，作了深入的探討與挖掘，提供了文學閱讀的另一種樣貌——所有這些詮釋與解讀都相對了我的自我告白。

詩的文本之後延伸的詮釋與解讀，甚至告白，都會提供窗景與鏡像的側面。詩人的心的秘密在顯像與隱像之間有著光與影的存在，撥動閱讀的興味。這既是某種釋放，也是某種捕捉。在釋放與捕捉之間，跳動著語言的精靈。詩的閱讀，是與語言的精靈的對唔。詩，藏有秘密，在創作與閱讀的對應空間或隙縫裡。五十篇隨筆是五十首詩的秘密之鑰。在這些年來，我不斷地以譯讀形式探觸世界詩人與台灣詩人心的秘密之後，我也探觸我自己的心的秘密。從〈遺物〉到〈國家〉從一九六〇年代末到一九九〇年代，隨興選取了五十首詩，作為告白的文件。以《是春天為我們開門的時候了》作為書名，取自書中的一輯輯名，也是一篇文題，更是一首詩〈種子〉的獨立行句，與前後兩個獨立行句「不要讓意志腐爛」和「一定會遇見陽光」相互鑑照。

深願這樣的行句能觸動閱讀者的心。

# 目次

## 二、是春天為我們開門的時候了



## 三、記憶的風景

## 四、花自己就是生命

## 五、一首詩應該是一個許諾

藍的水平綫
著天空的幻影
界的夢
頹史的衰落

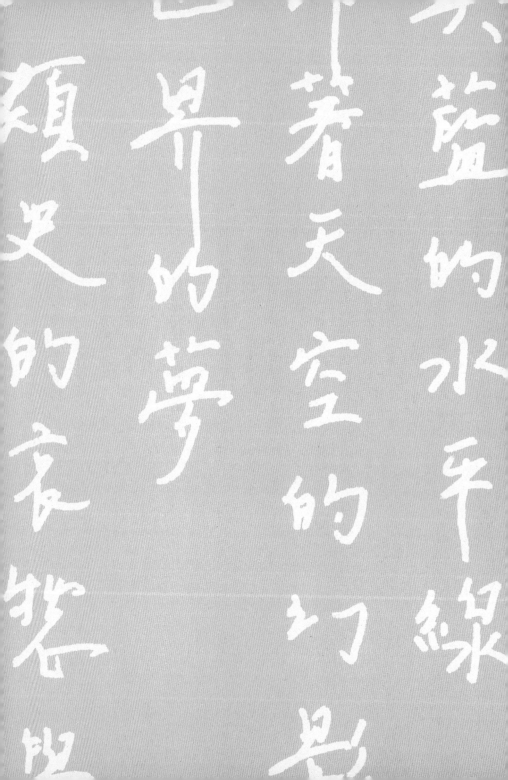

# 一、奧藍的水平線

# 1. 君的遺物

## 遺物

從戰地寄來的君的手絹
休戰旗一般的君的手絹
使我的淚痕不斷擴大的君的手絹
以彈片的銳利穿戳我心的版圖

從戰地寄來的君的手絹
判決者一般的君的手絹
將我的青春開始腐蝕的君的手絹
以山崩的轟勢埋葬我

慘白了的

君的遺物
我陷落的乳房的
封條

（一九六九）

◆

一九六九年，我出版了第一本書。這本書收錄了我的詩和散文，書名《雲的語言》（林白出版），取其中一首詩的同名。雲的語言，取雲飄浮，成為雨滴落下，又從大地蒸發為雲。多樣的面貌，漂泊的情境，是我青春期的浪漫情懷。

青春期的浪漫情懷，一種稱之為青春期過敏性的煩惱。在早生的愛情裡，不安定的心緒常常帶來困擾，投射在詩的行句裡，一些強說愁的語字就這麼流露出來。

出版了《雲的語言》前後，在《笠》的陣營活動，認識了一些跨越語言一代的台灣詩人，歷史意識，現實意識和社會意識才進入我的腦海。一九二〇年代出生的詹冰、陳千武、林亨泰、錦連、羅浪……他們從日本語而通行漢字中文的詩歷程，讓我感知到詩作為藝術的意義。在一九六〇年代末期普遍魅惑於現代主義——其實，並非真正現代主義，而是近於現實脫離的文字拜物情狀。意義的追尋連帶在詩與藝術、社會的關懷，讓我能夠真摯地思考詩之為詩的課題。

〈遺物〉讓我感覺自己真正走上詩人之路，讓我感覺自己寫出真正的詩。那正是《雲的語言》出版的那一年，我仍然記得，在林白出版社的「河馬文庫」系列；七等生的《僵局》、葉石濤的《羅桑榮和十個女人》、鍾肇政的《江山萬里》，並列在其中。

以一位未亡人的言說：在戰地陣亡的夫君遺物裡，一條手絹，成為擦拭眼淚都無法擦乾的物件，而且成為象徵腐蝕青春的物件。白色的手絹像封條一樣，查封年輕未亡人的乳房。

詩的行句裡，我並不是我。這與我練習曲時期描述自己的心境的詩，是不一樣的。作為發言者的我，其實是代言人，描述的也不再只是自我的心境。

在一九六九年，我出版了第一本書《雲的語言》之時，我真正感覺自己走上詩人之路。〈遺物〉標示著一個新的出發。從而，我在那戒嚴的時代，以反戰去解構國策裡的戰鬥性教條，嘗試走出自己作為詩人的路程。

L.W.T

## 2. 女人裸露的胸口照印著黃昏

### 思慕與哀愁

透過花玻璃
女人裸露的胸口照印著黃昏
原始的風景
美麗的江山
連緜著我的思慕與哀愁
無窮盡地攀登
到達的是燦爛的末梢
徐徐地滑落

下沉到不可測的幽谷

我不眠地
利用肉體的回音計量愛的距離

（一九七〇）

◆

年輕時代，我被認為是傷感、憂鬱的青年。《雲的語言》（詩散文合集，一九六九出版）封底那張照片，套頭黑色的上衣，眼瞳裡確實流露著孤獨的況味。離開學校，又回到學校；離開了戀人，又有戀人。但初戀的失落，留在心裡的印痕，是揮拭不去的記憶。這樣的記憶沉積在心靈，成為土壤，讓我栽植著語言之樹與花木。

我的人生，一直受到女性的眷顧。從母親的愛，後來愛戀的女人。只在初戀時，留有愴痛——那是少年時，早發的愛情。但那愴痛卻是我的文學根苗，堅信著自己的文學信念，夢的火花。初戀時，我是一個高中學生，喜愛文學，不服從體制的規範，以為可以捨棄升學，在自己這樣的道路生活。後來，我仍然升學了，那是以自己會經歷顛沛的人生而告別初戀戀人之後的事。

〈思慕與哀愁〉以女性的肉體做為救贖，經由性愛的場景，描繪我的心境。視女性肉體為某種風景，而與自然風景連結在一起。從窗口的花玻璃引進光照印在女人裸露的胸口的黃昏景象，呈顯一種思慕與哀愁的情愛意象。

二十三歲的我，描繪女人的肉體，描述性愛的情景，並不是為了肉體和性愛，毋寧說是為了人與人的連帶感，愛的思慕和哀愁。〈遺物〉是一首以女性為主體，反映戰爭帶來的破滅的詩。但在〈思慕與哀愁〉這首詩，女人，是敘述主體的「我」關連的對象。

從女性的形色到性愛的過程，我利用肉體的回音計量愛的距離，彷彿以性衡量愛的某種過程。「我」不一定是我，「女人」也不一定哪個女人。那是某種男與女的關連，某種愛的詮釋。

一九七〇年，台灣仍然在戒嚴體制下。那時，越南戰爭進入尾聲，全球學生運動的反越戰氛圍在台灣是隱而不顯的。留著長髮的青年們常被警察盤查，強制剪短頭髮，甚至大學教授也不能倖免。傷感、憂鬱的我，參與了《笠》詩刊的活動，認識了許多前輩詩人，也結交了許多同輩詩人朋友。

## 3. 奧藍的水平線

### 水平線

神的手中
罩著世界崎嶇的一部分
柔和的波紋
拍弄我的肉體
孤獨的我也是世界的一部分
還有漂流的帆影
海鷗也是
還有極目處那朵雲

奧藍的水平線
印著天空的幻影
世界的夢
人類史的哀愁與
愛

（一九七〇）

◆

我的一九七〇年代上半期詩作品——以《鎮魂歌》為名，也就是「安魂曲」的意思，一直到一九九〇年才出版。在這之前，部分收錄在一本一九八六年出版。在這之前，部分收錄在一本一九八六年出版的小選集《暗房》。《鎮魂歌》這本詩集，有許多反戰詩，例如〈遺物〉〈焦土之花〉〈逆航〉〈青空的憂鬱〉；有許多女體情愛的詩，例如〈光裸的背面〉〈思慕與哀愁〉〈夜的體裁〉〈徬徨的花〉〈鬱金香〉〈罌粟花〉〈女人〉；也有像〈水平線〉這樣，探觸到神的詩。

海，從我童年時期就在我生活的經驗，成為某種意義的視野，也許比山的經驗更早、更深。這是因為小學一年級的我，被送到舅舅的家，在南台灣的車城，常常在放學後到海邊去的經驗形成的。廣闊的海，在我小小的心靈裡成為某種寄託。水平線，或說海平線，在看海時的遠方，水與天空交界之處。那一道線，水平延伸，似乎無限遠，沒有盡頭、童年時的海，常常會出現在我的思考裡，蘊含著無限的意義。

海水漫漫，就像一條手巾，一條神的手巾。當我身置海水裡，即使風平浪靜的時候，我知道海底的地球表面是崎嶇不平的。海水拍弄著我的肉體，想像著海水像神的手巾一樣，罩著世界崎嶇的一部分。

崎嶇是不平的，但水平線意味著海是平的，有浪花的漂浮，但像水中一樣是平的。罩著崎嶇世界的神的手中，其實也罩著在海水裡的我的身體。

這樣說來，我與世界成為相連帶的存在，我也是世界的一部分，被神那巨大的存在罩著，而我是孤獨的。不只我孤獨，是世界的一部分，帆影、海鷗、雲，都是。

想像自己與世界的關係，這樣的存在感和視野裡的存在物，被包含在世界裡，而世界又如何呢？

那時候的我，感覺孤獨，從水平線想像到神，印在海面的天空似乎是一種幻影，一種存在的不安定。世界的夢，人類史的哀愁與愛，都印在奧藍的水平線上，而那又是神的手巾，是神的眷顧的手的延伸。

4.

# 天空是神的胸膛

## 青空的憂鬱

軍刀機在晴朗的天空翻筋斗
這個姿勢是
冒瀆神的
因為——
天空是神的胸膛
在神的胸腔表演人的絕技
這個舉動是
凌虐神的
因為——
神也會痛苦

我也會感到胸口疼
感到冷
在那樣的高處
那樣無法測知的距離的
深處

（一九七一）

◆

一九六〇年代末期的全球學生運動，在台灣感受得到的越戰氛圍，以及自己服役的經歷，讓我的反戰思想形成。從高高屏地區的兒童，少年時代，南方的樸實城鄉生活印記在我人生。加上青春期的戀情痕跡，服役和大學時期的人生是在中台灣，是一般所說的省城。

服役時，營地在台中的清泉崗。越戰時期，美軍的B52轟炸機起降於清泉崗空軍基地，轟隆刺耳的聲音彷彿在傳達越戰的破壞力。假日的台中市街，度假美軍穿梭，形成一種特殊風景。甚至有特殊的街道因服務美軍而繁榮，但那也包括出賣靈肉而妝點出來的熱鬧。

台灣，因為提供美軍基地，擔任美國的前線角色，流亡來台的中國國民黨蔣氏政權獲得美國的支持，戒嚴專制在某種程度下也是獲得美國的默許而存在的。不論冷戰和熱戰，美國的邊緣國家，都或多或少扮演這樣的角色。

戰爭，只有防衛戰爭是有道德性，侵略戰爭是不道德的。台灣，因為國民黨中國為了維護其殘餘存在條件，捲入其和共產黨中國的戰爭陰影裡；更因為是美國的前線，而捲入美國在其他亞洲戰場的戰事。戒嚴的另一個面向，其實是戰爭的陰影。

日治時期，台灣人日本兵為日本而戰；國共內戰以及其後的延續對立，台灣人國民黨中國兵和台灣人共產黨中國兵，分列為不同黨派的中國人犧牲，我對這樣的政治動向和歷史是感到違逆的。

〈青空的憂鬱〉是針對空軍在節慶時的空中表演提出一種反思的視野。戰鬥機的空中表演是炫耀戰技的場面，但是我不歌頌這樣的表演。我以天空是神的胸膛，批評軍刀機的空中表演；以冒瀆神和凌虐神來描述軍刀機的姿勢和舉動。並且，以自己的胸口連帶著神的胸膛，以感到胸口疼去描述心痛的感覺。在高高的天空，在那讓人感到冷的天空，我認為是神的胸膛的天空，有著某種神聖。那是人無法企及的高度，人不能夠在那樣的高度橫行肆虐。

# 5. 詩之志

## 詩

世界的峰頂
飄揚著我的憧憬
世界的窪地
埋設著我的鄉愁

遼敻的空間
張架著我的語言
綿遠的時間
流動著我的思想
腐敗的土壤

孕育著我的生
燦爛的花容
潛伏著我的死

（一九七一）

◆

每一首詩都是詩人嘗試著解答詩是什麼的行句。寫著寫著，我也嘗試回答自己的詢問，尤其在對自己的語言及思想更真誠地面對以後，在閱讀感動自己的本國詩人和外國詩人的詩與詩論以後，不只流露感情，也意識到詩的形式與精神裡的美學與力學、哲學的意味。

詩是什麼呢？每一個真正的詩人都以詩回答這樣的問題，或以詩論詮釋。T·S·艾略特說：「詩使思想像薔薇一樣芬芳出來。」思想是內涵，薔薇是形式，芬芳出來則是感動的呈現。只有其一，是不盡形成詩的條件。

一九七〇年代初期，我也嘗試著譯介外國詩，並且認真地閱讀陳千武、錦連、羅浪、葉笛、非馬、李魁賢、杜國清等詩人的譯介詩與詩論。雖然經過不同語言的轉換，我卻感覺到外國詩有著台灣所缺乏的深刻性。

那時候，仍然在戒嚴時期。儘管戰鬥文藝的國策文學逐漸被邊緣化，但標榜現代主義的詩歌寫作取代了戰鬥文藝的國策文學領土，卻也與台灣這塊土地沒有真正的關連，沉溺在內向化的晦澀裡。一些高踏的霸權現象反映在某些選集的動向裡。參與在《笠》這個詩誌的我，能感覺到台灣被一些外來力量邊緣化的排斥。

好的詩或許不一定會留存下來，但拙劣的詩一定不會留下來。這是因為傳播條件的關係，在現實的影響力量消失後，見諸真章的是本質上的條件。必須真摯地面對自己的寫作，從真正的典範去學習，練習詩人的發聲，而不是在惡地形裡競逐虛榮的名聲。

詩，有著憧憬的崇高，也有現實的卑微；詩，既是空間的，也是時間的；詩，在腐敗中看見生，在燦爛中看見死。感知並且包容這一切，才能豐富詩的形式與精神。

這首詩，是我自己對詩之探求的某種自覺。不只來自台灣前行代詩人的啟發，也來自許多外國詩人的啟示。在詩人的沒有地圖的旅行，我這麼為自己描繪尋覓的備忘錄，我這麼提示自己。以詩，我為詩是什麼，下自己的覺書。

L.W.T
95

6.

# 女體形影

## 罌粟花

女人的胸脯
罌粟花
開放著呢

罌粟花
會把男人的我
整個心都染紅呢

那麼
不要看到女人好了
可是

思想裡也有
罌粟花的
影子呢

（一九七一）

◆

罌粟花很美，但罌粟花的種子提煉出的嗎啡是違禁品，甚至是毒品，耽溺於其中，是危險的。這麼描繪女體，在青春的時候。

女人的胸脯，就是女人的乳房，畫家的女性裸體畫，女人的乳房常是焦點。美麗的形影有一種迷惑男人的力量，是愛，甚至性的激素。

一九七〇年代初，我曾以「女體詩抄」發表一些作品，經由女性肉體的連帶呈現生之觀照，在那徬徨的年代，一些年輕時期的憂鬱和迷惘常常尋求救贖的力量，女性是那種力量的來源。

那時候，初愛的戀情已結束，但卻仍然在心裡惦記著既往的形跡。新的戀情，舊的戀情，交纏著不同的女體形影，但卻又浮顯女性的共同意味，一種具有救贖力量的肉體與精神。

以罌粟花喻女人的胸脯，女人的乳房，把迷惑男人的美麗女體轉喻為另一種物象，並藉另一種物象的意涵形塑觀照的意味。在後來回想，自己也臉紅。是青春時期烙印的愛戀印痕，思慕著愛戀的女性，還是把男人和女人的相對觀照加以普遍化的素描呢？或許兩者兼具吧！

那樣的年代，我二十四歲，早發的愛戀在我的心裡留存著或許比起同齡的人們更早熟的心性。

在〈思慕與哀愁〉這首詩，我「不眠地／利用肉體做回音計量愛的距離」，意味的是性愛。一系列的女性詩抄，都隱含著我那時期的愛戀經驗。愛戀，既有思慕也有哀愁。因為孤獨而尋求異性的連帶，但連帶之中又有孤獨。

在孤獨與連帶，連帶與孤獨之中，我巡梭著自己的詩之旅途。從南台灣的高高屏來到台中，那時越戰已進入尾聲，我和戰後嬰兒潮世代的其他人正在走向社會的門檻。也許，比起其他同世代的人們，我早發的情愛讓我的心烙印了更深的人間痕跡吧！在罌粟花的花容裡，也在女人的胸脯，投影了這樣的痕跡。

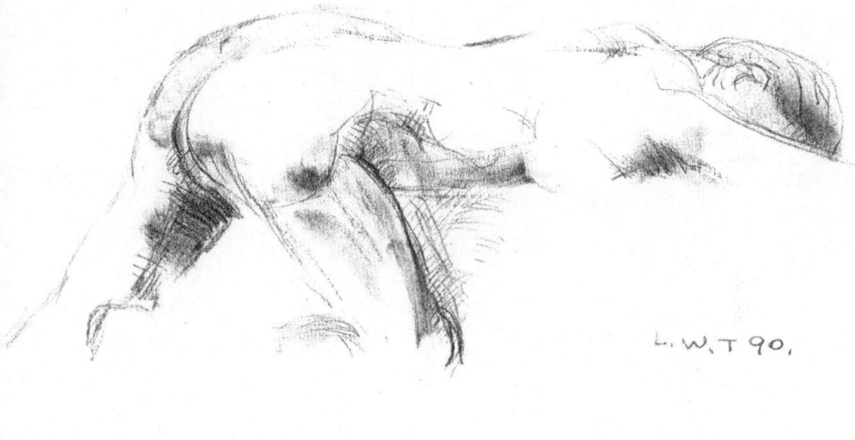
L.W.T 90.

## 浮標

我的國籍已無——
這不是我的罪
也不是我的願望

我的傷痕
像海溝那樣深

累積了
世界最暗鬱的悲哀

我希冀

體會岸邊
浸染愛

可是
國土出現了又消失
流刑消失了又出現

（一九七一）

◆

國家的意義是什麼？
在台灣，國家存在嗎？
從青春過敏性的煩惱走過來，逐漸思考存在的現實，政治的影子，統治權力的影子常常在腦海浮現。
反戰，那麼面對政治呢？反戰，是一種觀念性的，因為自己並不曾真正經歷戰爭。政治呢？是事實的課題，它存在著，以陰影形式籠罩這個島嶼上人們的心靈。

在台灣，這個極盡一切強壓國家力量的政治構造並不真正屬於這個土地的人民。以戒嚴掌制它統轄的地區，某種邪惡的權力秘密彷彿只施放陰影的機制，隱藏著殘酷的壓迫性。

我在一九七〇年初，從反戰詩而指涉政治。對於國家這樣的體制形式，感覺的是權力，意識的也是權力，而且是負面的。

浮標是浮在水面上的標示物，有時連結著繩索被固定成警戒線，有些連結在釣竿的線絲以顯示魚釣的動向。脫離繩索和線絲的浮標會成為漂流物，隨波浪移動。以浮標的角色發言，標示自己是無國籍或失去國籍的身分。無國籍，人和國家失去連帶。如果是被放逐的人，則意味著受到法律形式的懲罰。

一個人不會自願成為無國籍的人，所以這種無國籍的狀態不是願望。隨著浮標的漂流，流亡者，被放逐的人有傷痕，有悲哀。

以浮標的角色發言，其實是以詩人的角色發言，是以一個台灣人的角色發言。在台灣的這個國家，不是讓一些人面臨流亡狀態嗎？外在流亡或內在流亡。這是二戰時期在納粹德國的文化人兩種流亡狀態；二戰後的東歐許多國家，也有文化人經歷這樣的處境。

沒有人自願成為流亡者，在沒有連帶的處境生活，連帶於人、連帶於土地，連帶於國家。浮標也想連帶於海岸的土地——意味的是國家。

可是，浮標是漂流的，隨著波浪靠近岸又隨著波浪離開岸。國土和流刑交替成為既連帶又脫離的狀態。漂流感的存在，一種無國籍的意識和感情。

# 8. 誰都會是個孤兒

## 孤兒

誰都會是個孤兒

從河邊的一隻死貓
從街道的一條病狗
從戰場的一具屍體
我悄悄地
收集成為孤兒的悲哀

像嚥下的貯食
它們輪番出現
期待反芻

我是這樣過活的

從一隻死貓的河邊
從一條病狗的街道
從一具屍體的戰場
我的夢
出發去旅行
誰都會是個孤兒

（一九七一）

◆

詩人、醫生、軍人，如果你是這樣的行業的人，就更能體會人類悲慘的根源——戰敗的日子，面對廢墟的「荒地」詩人田村隆一這麼認為。也有日本的詩人說，除非世界上已經沒有癩痢頭病患，否則，一個詩人不能認為自己不是那個病患。

因為參與了《笠》的陣營，在《笠》的詩與詩論視野充實了自己。這時候，我彷彿體會了詩人T．S．艾略特所說的：二十五歲以後還繼續寫詩，必須具有歷史觀點，在傳統和個人才能之間，服從於更有價值的東西。

誰都會是個孤兒，呼應的是「除非世界上已經沒有癩痢頭病患，否則，一個詩人不能認為自己不是個病患」的觀照。我把視野裡的或認知、觀照的死貓、病狗、屍體視為不幸的存在，以凝視這種不幸的存在做為自己詩情與詩想的根源。

以「誰都會是個孤兒」開始，也以「誰都會是一個孤兒」結束，各為獨立的一行，並且在頭尾以場域和物象相互反置，場域的「河邊」「街道」和「戰場」和物象的「死貓」「病狗」和「屍體」，交互呈現，而且自己像反芻一樣，咀嚼著相關場景和物象過活，喻示自己如何寫詩。

那時候，《笠》已創刊六年多。但在戒嚴體制下的文學界，面對著標榜現代主義，其實在超現實主義口號中逐漸迴避現實，而內向化在純粹經驗裡高蹈化的詩現象，仍然是邊緣性的存在，在自己的土地上邊緣化，在詩的詮釋權被排擠。

《現代詩》已停刊，《藍星》和《創世紀》兩個詩刊斷斷續續，詩觀的差異加上政治權力關連條件的差別，讓文學也被劃分在不同的領土意識裡。

發表〈孤兒〉之前，我已在《笠》發表〈招魂祭〉，批評了當時極具權力的詩人洛夫在一本年度編選詩集的文學作為，引發軒然大波。而我開始嘗試譯介外國詩，做為自己學習的進程。捷克詩人巴茲謝克（A. Bartusek，一九二一—一九七四）的詩讓我看到詩人如何在政治困厄下發聲。我也翻譯了他的三十三首詩在《笠》詩刊發表，出版單行本是二〇〇八年的事。

9.

# 被監禁的心靈

## 鐵窗之花

不知何時萌芽的
一株牽牛花
在鐵窗外
偷偷開花了

一張一張監禁的鐵窗內的
向日葵
也偷偷地像牽牛花一般地
開花了

盤繞在牆外的

牽牛花
一朵一朵地
傳染它的笑靨
在牆裡的
向日葵
卻一張一張地
枯萎消亡

（一九七二）

◆

鐵窗意味著監獄。監獄關著罪犯，但也監禁著政治犯。在二戰後長期的戒嚴體制，統治者以特別法律制裁政治異議分子，特別是一九五〇年代的白色恐怖時期，許多人被以匪諜罪名下獄，特別是知識分子文化人。

一直到一九八七年，台灣才解除戒嚴。而所謂的「二條一」，刑法一百條罰則裡，更以唯一死刑懲治叛亂犯。可以想見，二戰後政治鎮壓下人民的心靈處境。經歷過一九四七年二二八事件的台灣人，彷彿蹲著不敢站起來；而白色恐怖時期入政治獄者，更包括了跟隨中國國民黨流亡來台的中國人。政治禁忌一直像夢魘般存在。

從反戰詩，而批評介入了政治，大約是同一個時期，這是一九七〇年代初期的事。〈鐵窗之花〉直接觸及到監獄，以「牽牛花」和「向日葵」喻示在監獄的外部和內部情境。牽牛花見於野地，而向日葵則曾經是帶有禁忌的中國共產黨象徵性花卉。

在戒嚴時期，中國共產黨建立的中華人民共和國被台灣統治當局視為寇讎，無所不用其極的詆譭見於反共戰鬥文藝和國策教條。在那時候，有許多知識分子文化人藝術家被收編在國策教條和戰鬥文藝隊伍裡，一些左傾意識都和一些台灣獨立意識者以在野的姿勢孤獨地站著。

台灣在一九五〇年代末以現代性去因應官方戰鬥文藝的國策教條，但晦澀化走向和個人內向化探索，較少呈現出對權力體制的批評。也因為流亡國家政權和流亡族群的共構性，形成了難以在地現實化的高蹈狀態。到了一九七〇年代初，更有純粹性的主張，橫的移轉論又向縱的繼承論變化。所謂的「精神不在場」這種在台灣的中國現代詩，就是這樣形成的。

在我們的土地，也在我們的時代，詩人應該如何？在《笠》的陣營裡，從跨越語言一代詩人的在野風範得到啟示，不隨某些亞流現代主義論者的表面西方性和沉澱中國性動向逐流，我在政治裡看到權力的壓迫性和被壓迫性狀態，嘗試著為時代的形影做見證。向日葵和牽牛花是強烈的對比，也是內部被壓迫心靈與外部自然生命力的寫照。

## 10.
# 在詩裡逃亡

### 夢

夜黑以後
現實有一個缺口
我是打那兒
逃亡的

雖然你
像監禁終身犯一樣地
監禁著我的一生

然而
逃亡以後的我

是自由的

你不能捕獲我愛的掌紋
你不能捕獲我恨的足跡

（一九七二）

◆

詩裡藏有秘密，這是隱喻的力量。

捷克詩人巴茲謝克在他的一首作品〈詩〉裡，以熬夜寫詩的經驗說：「語言的魚群懶洋洋地漂流過我身／尋覓著一處水面以便躍出／吐一吐空氣／偽裝成像是為了一個小蠕動／以便能夠飛躍」，比喻隱喻。

真實，巴茲謝克在他的詩裡都顯示處於政治困厄下詩人的對應方式，在〈詩人的回歸〉這首詩裡，他以蠶吐絲比喻「撚欲吐之言成寂靜之語的絲狀纖維」，因此「當我們一再地／暴露在／真實之光裡／也不會被／脫光無遺。」

我的〈夢〉，也像巴茲謝克所說的「魚」和「蠶」的情境。夢，在這裡意味的是詩，是思想，是語言的狀態。像做夢一樣，詩的秘密之鑰被掌握在詩人的手裡，寫詩因而可以碰觸到政治的禁忌。

你——在這首詩裡，意謂的是政治力量，是戒嚴體制下的監視者，檢查者。秘密警察無孔不入，但藏匿在思想裡的意見，藏匿在詩裡的意見，不一定會被發現。

戒嚴體制下的處境是苦悶的，因為不自由。政治獨裁以戒嚴體制控制人民，壟斷權力，歷史上的紀錄從來不斷。台灣在二戰後的東西方冷戰對峙形勢下，成為美國的前線，並藉以發展殘餘國家的威權體制，自由人是苦悶的。

在充滿政治禁忌的體制裡，思想是一個秘密的花園，夢就如同沒有公布的思想活動，詩就像夢，就像思想。統治權力像監禁終身犯一樣，在現實的生活裡，控制著一切。但現實總是有缺口，寫詩，對我而言，就像夜黑以後在現實的缺口逃亡一樣，在逃亡以後的自由狀態裡，以隱喻的語言形式坦露自己的愛與恨。

掌紋和足跡都是證據，若是犯罪，這就是犯罪的證據。但在詩的意義現場，隱匿在語言裡的意義，不會被輕易追索得到。這樣的情境，寫詩是苦悶的心靈的出口，寫詩成為被監禁的人的出路。從反戰政治介入，我的詩的歷程一如夢的歷程。一個逃亡的自由人的心路，印拓在詩的行句裡。

L.W.T
93

門開啟的時候
得相互傳達重
及溫暖

# 二、是春天為我們開門的時候了

11.

# 愛的序說

## 樹

女人的身影
在鏡前映照一株樹的孤單

表層已脫落
露出淨白得令人顫慄的樹身

這是一個微妙的暗喻
在雪的國度的一個暗澹的構成

我們對世界抗議的
愛的序說

（一九七三）

◆

女人是花還是樹？

如果是花，意味的是美：如果是樹，意味的是依靠。

女人既是花，也是樹。

在青年時期，人生的徬徨裡，需要花，也需要樹。這種連帶感，讓人在徬徨中感覺力量。

少小時的戀情像夢存留在記憶裡，青年時期的戀情成為生活的真愛。

〈樹〉是說女人裸露的身體。

照在鏡子裡的女人裸露的身體，因為不明亮的光線，隱然的形影點綴著房間裡詩意的氛圍。好像一株樹，一株孤單的樹，因為脫掉了衣物，像表層剝落的樹身，淨白得令人顫慄。顫慄，因為冷。冷因為在雪的國度。台灣並不是北方，除了高山地方，難以看到雪。雪的國度是說白色恐怖籠罩的國家。

以女體做為在雪的國度一個暗澹的構成，視為一個微妙的暗喻，表示什麼呢？

對世界抗議的愛的序說。

以愛抵抗，以肉體的連帶向世界抗議。在徬徨的青年期，我是這麼走過來的。孤單的女人身影，成為兩個人對世界抗議的語言。

記得日本詩人北川冬彥在〈現代詩的諸問題〉（徐和鄰譯）的「詩性現實」，曾引述一位法國詩人的一首詩〈水平線〉：「她那淨白的手臂，成為我的整個地平線」。那意象栩栩如生，一直印記在我腦海。女人的身影意味的豐饒性，是一個例子。

一九七〇年代初，我也在報紙副刊發表短篇小說。後來以單行本《情事》（圓神）出版，是二十多年後的事。在小說或散文裡，描述會較多，而詩以意與象呈顯。女性在我人生旅程，詩的路途像星光，也像月光；像花，也像樹；既是探照，也是扶持。

在夜路中，尋求光；在徬徨時，尋求扶持。而面對世界的現實，面對社會的困厄，特別是面對戒嚴體制的壓迫性，女性的愛，感情和肉體的連帶成為一種救贖的力量。

L.W.T
93.

12.

# 不被吞沒的我們的心

## 不死的鳥

死了的故鄉上空
盤旋著一群鳥
像飛揚的含冤詩篇

睜眼
就在眼前
閉眼
就在瞳睛裡

鳥的翅膀
載著我的腦髓去巡梭

去追蹤兇手的足跡
去細讀那一頁白骨的構圖
去復活土壤

那是不死的鳥
不被吞沒的
我們的心

（一九七三）

◆

這是我第一次觸及二二八事件的詩，在歷史仍然被壓抑，記憶仍被掩埋的時候。

初次知道二二八事件，是高中時候，因為體育老師在班上整隊做柔軟運動的當兒，突然提及背後的教室邊間牆壁，指著一些斑駁的洞孔說，那是二二八事件發生後，在南台灣的高雄對參與事件學生屠殺遺留的歷史。這樣的提示像種子一樣，留存在記憶裡。

這些種子的發芽，是後來在跨越語言一代詩人們的交談中被灌溉出來的。因為參與了《笠》的活動，常接觸到經歷過二二八事件的這些前輩，被刻意壓抑、掩埋的歷史，從他們口中流露出來，成為養分，灌溉了我腦海裡的種子。

這時候，我在台中。這裡是我服役、就讀大學、擔任新聞記者與高中教師的地方，大約從一九六〇年代末到一九七〇年代初的八年間。故鄉在南方，經由台中，後來我定居台北，人生的行跡從島嶼南方沿著西部一路延伸。

不死的鳥是什麼呢？不被磨滅的記憶，以及因為記憶而反思的歷史意識，在我的詩的路途，成為隨著鳥群去巡梭的凝望俯視之眼。在腦海裡的記憶既成為歷史意識，就形成一種積極力量。

詩人何為？在某種意義上，比歷史更真實的詩之志，成為課題，提示著我。觸探歷史的真實，彰顯公義，在戒嚴體制下是不被允許的。在台灣發展的現代主義詩學不探觸這樣的課題，又轉向於古典中國詩純粹經驗論的趨勢不會介入這樣的課題。但站在自己的土地，怎麼能夠無視自己國度經歷的歷史真實呢？

二二八事件有許多受難者，相對的也有兇手，追蹤兇手的足跡，細續受難者埋冤的土壤，並去復活土壤，意味的是再生。以詩的力量去再生死滅的人們的心。

詩是為什麼？在死滅的歷史追尋再生的力量，復活土壤就是復活意義，彰顯善美和真實，我是這麼想的。在自己的詩之路途，藉由不死的鳥的不被磨滅的意志，以詩探觸被埋冤的歷史。

## 13. 是春天為我們開門的時候了

### 種子

不要讓意志腐爛
潛藏在泥土裡
我們頑強的心
已經快要免於一季冬長長的欺壓
是春天為我們開門的時候了
雪的酷冷曾經成為水的滋潤
泥土的暗黑是養分
沒有什麼能剝奪我們希望的

一定會遇見陽光
當門開啟的時候
記得相互傳達重見天日的喜悅
以及溫暖

（一九七七）

◆

鄉土文學論戰是發生在一九七七年的事情，余光中以〈狼來了〉指控文學的工農兵現象，反映恐共症，也反映國民黨國策文學對台灣文學關心社會所可能產生的政治批評。〈狼來了〉被喻為血滴子，在戒嚴時代這可是恐怖的指控，也是所謂思想犯罪的紅帽子。

一九六〇年代，彭明敏和他兩位學生的〈台灣人民自救宣言〉事件，曾經使他流亡海外，學生下獄。而《台灣文藝》和《笠》詩刊，在宣言事件的同一年，一九六四年一併創刊，反映了台灣本土文學界從一九四〇年代的二二八事件、一九五〇年代的白色恐怖走出來，迎向陽光的路程。

〈種子〉這首詩，發表在《笠》詩刊第八十二期（一九七七年十二月號），正是我執編《笠》，並標示「本土詩文學的根源形象」的一個時間點。我以A・I（國際特赦組織）的一張海報為封面圖片，並在封面解說中提及：「人權救援機構的美國人權救援支部所發起，並由十九位世界各國知名藝術家參與實踐的『良心囚犯』（Prisoners of Conscience）海報大展」在世界各大都市展出事宜。

也許，這是戰後台灣的詩刊第一次用了這麼強烈、有政治意味的圖片作為封面。而我自己發表在這一期刊物的一輯詩，以《母音》為小詩集名，副題並標示「土地啊，為何你總是沉默」。除了〈種子〉，還有〈發言〉〈漂流物〉〈鄉村〉。

一九七〇年代初期，我的詩大多是反戰交雜著愛的抒情。而從《母音》開始，我的詩更強烈觸及到現實的課題，更具有台灣主體性的觀照與發言，反映在〈種子〉這樣的詩裡。一種不死滅的心，不死滅的意志，呼喚著從被壓抑的狀況站起來的聲音。

「母音」就是土地的聲音，一種被壓抑或被遺忘的聲音。隱忍、沉默，因為歷史的災難，也就是政治的恐怖，讓生活在台灣這塊土地的人們像潛藏在泥土裡。但冬天過後，春天會到來。只要意志像種子一樣，不腐爛，總會發出新芽。從土地尋求根源的關連，並且在自己立足之地站起來。我這麼思考，這麼想像！這麼期盼，這麼追尋！

# 14. 獨立的夢

## 島國

遠離家鄉
我們的祖先渡海來到美麗島
經歷過千辛萬苦

海峽剪斷臍帶
我們在波濤的飄搖裡
學習用汗水耕耘
用愛種植希望

在星星的照引下
夢曾經偷走過架在海峽兩邊的彩虹

但那是祖國仍為我們母親的時候
被異旅割據的時代
我們就著手建立自己的祖國
美麗島就是我們的家鄉
永遠的慈暉是藍天
撫慰我們的心

（一九七七）

◆

《母音》的小詩集裡，後來也包括〈島國〉這首詩。若與〈種子〉相對照，這首詩是一種意志的延伸，訴說台灣走上主權獨立國家的願望。

思考台灣的歷史，我們的原住民祖先本來就在這個島嶼生活；而從唐山渡海來到台灣墾拓的福台語系祖先和客台語系祖先，是移入者，成為這個島嶼國度的住民；尚未認同台灣的二戰後移入者，仍然存在著占據統治的心態，與已認同台灣的住民有族群的矛盾。

原住民在島嶼台灣的土地上自由地奔跑，自由地狩獵；而福台語系和客台語系住民在土地上墾拓。因為沒有國家形貌，葡萄牙人、西班牙人、荷蘭人在大航海時代都想殖民台灣。其中，荷蘭人實際在這個島嶼南方進占，留下殖民統治的歷史。大清帝國據有過台灣，又把台灣當做戰敗割讓地。日本治台五十年。二戰結束，台灣才脫離日本，但並沒有獨立。

一九四五年八月十五日到十月二十五日，台灣在無政府狀態下，有秩序地度過等待所謂的祖國進占。但國民黨中國入據統治以後，一九四七年春，發生二二八事件，跨越過兩個外來統治國度的知識分子、文化菁英，犧牲殆盡。台灣的悲情歷史就這麼形成，一直成為夢魘，成為社會的病理。

一個獨立的島嶼國家應該是生活在這個島嶼人們的夢想，但二戰後移入的新住民被挾帶在殖民體制的中國意識牢結，儘管是殘餘的國家條件，卻不能真正認同台灣，形成共同體的新建構。

不同的歷史際遇，成為這個島嶼的內部矛盾。殖民體制以戒嚴高壓統治宰割這個島嶼的人們，從二二八事件到一九五〇年代白色恐怖，戰後歷史是血淚斑斑的歷史，但民主化和獨立化運動仍然發展。台灣人追尋獨立國家的夢想，並努力實踐。

一九七七年，我以《母音》小詩集的一系列作品，開展政治意象的新視野，對我而言，這既是從抒情邁向批評的發展，也是從個人性邁向社會性介入的開展。一個獨立的美麗小小國家是我的憧憬，我懷抱著這樣的夢並吟詠這樣的夢。

15.

# 曾經我們擁有的美麗大自然呢

## 自然現象

歌唱著自由
一群鳥兒
飛越中央山脈
快樂的歌聲響徹天際

舞蹈著自由
一群鳥兒
徜徉濁水溪旁
優雅的姿影映照田野

曾經我們擁有的美麗大自然呢

一群鳥兒
飛越中央山脈
緊閉著口舌
害怕被射殺

一群鳥兒
固定著身姿
佇立濁水溪旁
擔心被毒害

（一九八一）

◆

自然現象也反映社會現象，
環境公害也意味人間公害。

〈自然現象〉以鳥的歌聲和姿影呈顯在台灣這塊土地的際遇，其實，也意味著生活在這塊土地的人們的命運。

美麗島事件（一九七九）以人權之名的示威遊行，黨外的政治改革運動面臨打壓，一群人被以軍法或一般刑法治罪，被監禁在牢獄裡。而一九八〇年的二二八，林義雄的母親和雙胞胎兩個女兒被謀殺，大女兒身受重傷，更把一九四七年的二二八事件延伸出歷史的幅度。進入一九八〇年代，《戒嚴風景》這本詩集，記錄了我的見證，在戒嚴體制下的抵抗與批評。

自然、社會，環境、人間，相互引喻。現象與公害的對照，顯現觀照的課題。

以鳥喻人，以人喻鳥，從自然和環境看人間社會，課題更為明晰。

曾經我們擁有的美麗大自然呢？以這一句問話，或說喟嘆，這首詩的前面兩節

八行和後面兩節八行，像分水嶺兩旁的延伸地形地物，成為平原或田野的姿勢。以中央山脈和濁水溪一山一水為鑑照，經由候鳥群在台灣棲息的過程，死與生、生與死的際遇，交織生命情境。這是一首自然保育的詩，也是引喻人類處境的詩，或說引喻政治加諸人間的公害。

原本是快樂的歌聲，原本是優雅的姿影，在天際也在田野，但在環境保護和自然保育尚未受到重視的年代，這些美好事物都充滿陰影。象徵台灣大地的中央山脈

和濁水溪，不一定是安全的空間。鳥兒飛越中央山脈時，擔心被射殺；鳥兒佇立濁水溪旁時，擔心被毒害。前者是狩獵者，後者是農藥，都潛藏著危險。

以自然現象引喻社會現象，人間公害既是自然公害，也是社會公害。替代鳥兒被害，其實是人類自己的謊言，因為被害的不只是鳥兒，也是人類自己。

喟嘆消失後，憧憬會再出現。詩人的視野裡，不只批評，也要尋覓願景。從自然，也從社會，那兒有我們的處境，引喻著我們的際遇。

## 16. 他打開鳥籠的門讓鳥進來

他愛鳥

起初
他只是觀察
他在黑暗裡
而鳥
鳥在陽光下

鳥自由自在
鳥歌唱
鳥跳舞
鳥和往常沒有兩樣

而他
他不能想像鳥有這麼快樂
他不能想像鳥有這麼單純
他嫉妒
他懷疑

怎麼可能沒有異議
每個人都會有所不滿
世界不可能完全無疵
他肯定鳥藏有秘密在鳥的心裡
他誓稱要告發他

他丟有毒的米穀給鳥
他丟石頭在鳥身上
他用照相機拍攝鳥的一舉一動
他用錄音機記錄鳥的一言一語

而他終於等到他所期望的
他歡呼
他收集著證據
他打開鳥籠的門讓鳥進來

這時
鳥才看見站在亮處的他
鳥變成在黑暗裡
而他說
他愛鳥

（一九八一）

◆

美麗島事件（一九七九、高雄）之後，我寫了這首詩。在〈自然現象〉這樣的詩所喻示的「人間公害」裡，我用獵人和獵物的關聯，去處理這一政治事件的課題。

獵人本來就計畫捕捉獵物。這首詩裡的他，放在美麗島事件的情境裡，就是政治權力的象徵人物，他愛鳥，但他捕捉並可能獵殺鳥。愛，在這首詩裡具有反諷的意味。

一九七九年十二月十日的美麗島事件，在戰後台灣歷史的發展，無論從政治和文化來看，都是重要的。與一九四七年的二二八事件相比，這是彈壓不下的反抗，累積了二二八事件死滅的心靈反挫出來的力量。

中國國民黨殖民性政治的宰制，在美麗島事件後，一直被挑戰。從黨外而民主進步黨的成立，在大約二十年後的二〇〇〇年，曾經取代中國國民黨統治台灣這個尚未正常化的國家。

台灣的政治在一九七九年之後，有很大的轉變；文化也從幾乎完全被宰制的情況覺醒起來。但我自己的詩歷程，從一九六九年起，顯示在作品裡的情境，其實就有抵抗和自我批評。這是因為在《笠》的前輩詩人們不同於從中國大陸帶來的詩人與詩性格而被啟發的。

〈他愛鳥〉是一段敘述，開始時獵人和鳥，分別是在黑暗裡和陽光下，而結尾時，鳥和獵人的處境顛倒。獵人，其實想設局捕捉他不相信的鳥。美麗島事件因於以紀念世界人權日的大遊行，政治當局以未暴先鎮的方式，逮捕相關的民主改革人士，想要藉此壓制從一九七〇年代末期勃興的政治反抗運動。

一九八〇年代，政治詩興起，大多以民眾詩的風格著寫，非常直接表達政治情緒，但我在這首詩，和在這之前之後介入政治的詩一樣，尋求一種保留詩之意味的表現方式。

他愛鳥，就像許多獨裁威權統治者口號裡的愛人民一樣。人民，其實只是玩物或獵物。

L.W.T
95

17.

# 旗和鴿子

## 從有鐵柵的窗

記得嗎
那天
下著雨的那天
我們站在屋內窗邊
你朗讀了柳致環的一首詩
「……
……
唉！沒人能告訴我嗎？
究竟是誰？是誰首先想到
把悲哀的心掛在那麼高的天空？」
順手指著一面飄搖在雨中被遺忘的旗

很傷感的樣子
而我
我要你看對街屋簷下避雨的一隻鴿子
牠正在啄著自己的羽毛
偶爾也走動著
牠抬頭看天空
像是在等待雨停後要在天空飛翔
我們撫摸著冰涼的鐵柵
它監禁著我們
說是為了安全
我們撫摸著它
想起家家戶戶都依賴它把世界關在外面
不禁悲哀起來
從有鐵柵的窗
我們封鎖著自己
我們拒絕真正打開窗子



·註：柳致環為韓國詩人，括弧內為其詩〈旗〉結尾。

讓陽光和風進來
我們不去考慮鐵柵的象徵
它那麼荒謬地嘲弄著我們
它使得我們甚至不如一隻鴿子
牠在雨停後
飛躍到天空自由的國度裡
而我們
我們僅能望著那面潮濕的旗
想像著或許我們的心是隨著那鴿子
盤旋在雨後潔淨透明的天空

（一九八一）

◆

韓國詩人柳致環（一九〇八—一九六七）的〈旗〉是我喜愛的一首詩。這首詩對於國家存在著詩哀愁感，讓人想到韓國的歷史。

一般說來，旗大多被頌揚。法國大革命以後的紅、藍、白三色旗，愛、自由、平等的象徵性意味，感動了多少人呢？

但旗也有反面示意，侵略國家的旗子在被踐踏的土地上，在被侵略的人們的心靈，意義是負面的。而一個國家內部的權力競奪導致國家分裂，像南韓、北朝鮮，就是切身的例子。

柳致環的詩〈旗〉的末尾：「究竟是誰？是誰首先想到／把悲哀的心掛在那麼高的天空？」常在我心裡浮現。

從有鐵柵的窗看屋外的旗，又如何呢？在台灣，在這個鐵窗症候群的國家，家家戶戶的窗外裝置鐵柵，讓我想到監獄。許多良心犯在監獄裡，而在外面自由生活的人們是自由的嗎？其實不是！

從有鐵柵的窗，是一種視點，經由兩個觀看的人：發言者的我和你成為我們，觀照著鐵窗外的世界。以一面旗和一隻鴿子形成對照的存在。

你朗讀柳致環的詩，以一面在雨中被遺忘而飄搖的旗而傷感。我們都共同為家家戶戶，存活於有鐵柵的窗裡，感到悲哀。在象徵性的監禁裡，人們的存在情境是荒謬的。

但另一個視點是：一隻在屋簷下避雨的鴿子。「牠像是在等待雨停後要在天空飛翔」，對照著鐵柵的監禁性，鴿子是自由的象徵。因有這樣的象徵，我們才不會陷於一種絕望的困境。

把旗這種堂皇的象徵，用被遺忘而在雨中飄搖去形容，帶有對於權力的諷喻。表面上，權力是一種壓迫的力量，但並不盡然！我們，在威權宰制下的人們，我們的心是可以跟隨鴿子飛翔。鴿子，畢竟是自己能夠行動的；不像旗子，必須由人的行動來安排。從有鐵柵的窗，可以有自己的存在視點，自由是這樣抉擇的。

L.W.T
92

## 18.

# 這世界害怕明亮的思想

暗房

這世界
害怕明亮的思想

所有的叫喊
都被堵塞出口

真理
以相反的形式存在著

只要一點光滲透進來
一切都會破壞

（一九八三）

◆

台灣是一個美麗之島。

台灣也是一個悲情島嶼。

長期在國民黨中國戒嚴統治宰制下的台灣，政治宣傳上常給予復興基地的稱謂，用來彰顯據台反共的口號。

一九七七年的鄉土文學論戰，許多文學作品對台灣的現實提出反思，戳破國策文學的虛浮美化，特別是藉著一九六〇年代起，加工出口貿易帶來的經濟繁榮現象所包裝的統治威權。

其實，從一九七一年起，「中華民國」在聯合國的代表權已被驅逐，代表台灣的國家已被共產黨中國取代，台灣成為國際孤兒般的存在。

政治的自力救濟，可以從一九七九年美麗島事件要求國會全面改選，以及民主化的呼聲為代表。美麗島事件，一些異議分子被以軍法審判、處刑，一些則在一般法庭被治罪。

但是，以法律為手段的政治壓迫並沒有阻絕人民的抗爭。一九八〇年代，各種反對國民黨的政治力量更積極展現抵抗權，爭取市民權：民主化的另一個側面是獨立化。被打壓的左翼中國意識也參與在黨外的力量裡。

〈暗房〉是對統治體制以台灣為光明世界的反喻。藉著傳統攝影沖洗照片環節裡的黑暗空間，描繪台灣所處的情境。

暗房是底片從相機匣子取出，沖洗，以避免曝光的空間。但這首詩裡，引喻的都是現實的世界，是戒嚴體制下的台灣。

以害怕明亮的思想；叫喊被堵塞出口；真理以相反的形式存在；以及只要一點光，一切都會破壞，點描出暗房世界的性質。用暗房的世界印照現實的世界，批評了統治權力的宣傳。

美麗之島成為暗房，而且這個島嶼的歷史充滿著悲情。被描繪的一個光明的世界，其實是一個黑暗的世界。在暗房裡，人們的呼聲被打壓；真理以相反的形式存在，在觀照時，必須經由相反的還原。但是只要一點光、一點明亮的思想，就可以改變。

L.W.T
90.

19.

# 一把月琴思想起

## 故鄉

故鄉海邊
儲存核爆的巨球代替燈塔
封鎖港口
鎮壓人心

荒廢的瓊麻山
像被曬焦的父親的肩膀
支撐輸電線
延伸到島嶼其他地方
夜暗中點亮燈光

燃燒的鎢絲
有故鄉的痛楚
在封閉的心裡吶喊
落山風嗚咽
聲音消失在環繞的海
一把月琴
思想起

（一九八八）

◆

我的故鄉在屏東恆春。

故鄉是出生的地方，也是童年生活的地方。我的出生地並不是恆春，而是高雄縣旗山。在恆春，不，應該說是車城，讀過小學一年級的上學期，而那分別是我父親和母親的故鄉。因為這樣的緣故，我一直把恆春、車城當做故鄉。

〈故鄉〉這首詩，應該也屬於我「人間公害」系列。我以核電廠的存在引喻破壞性的陰影，這樣的陰影存在於全台灣，存在於許多人的故鄉。

現實的故鄉是地理的風土；心靈的故鄉是精神的風土。故鄉帶有根源性，常常成為連帶的基石，無論你身在何方，這樣的基石讓你感覺到一種特別的力量。

記得，小時候，常常在假期時回到父母親的故鄉，像回到自己的故鄉。海和落山風是最鮮明的印象。看著海，彷彿看著無限延伸的視野，一直到世界其他遙遠的地方。而落山風的吹拂，在冬天，從感受得到的門窗搖撼聲，似千軍萬馬橫越。小時候，在被窩裡也聽得見那聲音。

台灣開始興建核電廠，台北縣（現新北市）金山、萬里，然後屏東縣恆春、台北縣貢寮。為了電力，為了工業，其實其中存在著跨國的政治和經濟黑幕，也存在著高度的風險。

舊蘇聯時代車諾比的核電廠爆炸，美國三哩島核電廠的意外事故，引發世界一些國家以關閉核電廠處置。民主主義的原則，公投方式回應了文明國的政治態度，台灣，面對的卻是經濟開發至上主義和政治權力獨斷的雙重情境。

原本在恆春，以燈塔的形象取勝，但有了核電廠以後，兩種不同的構造物相互成為矛盾的存在。每次去父親的墓園，彷彿輸電線就架在他的肩膀，那是向北送電的電塔。這種痛楚感覺也在回到居住地時，在夜晚燈光亮起時感受得到。落山風的嗚咽之聲，當這樣的聲音停止時，民謠歌手陳達的〈思想起〉在他的月琴伴奏下會在腦海出現。故鄉是有核電的故鄉，故鄉是存在著公害的故鄉！

## 20. 在歷史的檔案追憶時代

### 底片的世界

關上門窗
拉上簾幕
我們拒絕一切破壞性的光源
在暗房裡
小心翼翼地
打開相機匣子
取出底片
它拍攝我們生的風景
從顯像到隱像
它記錄我們死的現實
從經驗到想像

我們小心翼翼地
把底片放進顯影藥水
以便明晰一切
它描繪我們生的歡愉
以相反的形式
它反映我們死的憂傷
以黯澹的色調
直到一切彰顯
我們才把底片取出
放進定影藥水
它負荷我們生的愛
以特殊的符號
它承載我們死的恨
以複雜的構成
這時候
我們釋放所有的警覺

把底片放入清水
以便洗滌一切污穢
過濾一切雜質
純純粹粹把握證據
在歷史的檔案
追憶我們的時代

（一九八三）

◆

發表了〈暗房〉之後，我又寫了〈底片的世界〉。前者，是以底片的處境去捕捉現實。但後者則以底片本身的邏輯，探索如何翻轉被顛倒的世界。

整首詩，經由底片從相機匣子取出到沖洗出照片的環節，經由過程所賦予的程序意義，既敘述照片從底片到完成，也描述了一首詩的完成——不只是 poem 的，更是 poetry 的——我在這首詩裡，表達了作為詩人的我的方法論。

這是發表了〈暗房〉之後，從另一個側面省思而發覺到的面相。如果，暗房以對象——統治權力為觀照，那麼底片的世界就是以自我為主體。底片其實是詩人的工具，也就是語言。語言是詩人的武器，詩人如何以語言這種武器與統治權力，與宰制者對決、抗爭？當然是以一首一首完成的詩。

如果詩是見證，作為見證的詩學是詩人如何以詩見證自己所處的時代，留下證言。從拍攝到洗出照片有一定的形式程序，一首詩的完成，何嘗不是？

〈暗房〉是一種觀照，〈底片的世界〉是一種過程的描述。而這首詩描述的是書寫的過程。一首詩的完成不只是詩想的問題，更是詩學的問題。是一首詩的形成，而不只是一首詩形成前的觀照。

我不喜歡簡單的白描，我重視的是精神而不只是感覺，常常想要賦予一首詩較為深沉的意義質量。在暗房裡沖洗照片的程序，在某一意義上，就像一首詩被書寫的過程。顯影和定影的程序是詩人在捕捉語言的意義的各種瞬間。

拍攝和記錄，風景和現實，生與死，經驗與想像，歡愉與憂傷，愛與恨，符號與構成，釋放與洗滌……詩人的一首詩，就像攝影一樣有觀照和拍攝，也有書寫和沖洗的過程。

底片並不是為了底片，而是為了照片。經由見證的詩學，詩人能夠在歷史的檔案留下證據，追憶自己所處的時代。追憶就是見證。

每個人的記憶裡
存著地平線
被污染的原野

# 三、記憶的風景

## 21. 不自由的人，自由的狗

狗自由自在地跑

狗自由自在地跑
牠不必向銅像致敬
牠不必向官署行禮
牠拉狗屎在街頭
牠放狗尿在巷尾
只要牠高興

狗自由自在地跑
牠不理拒馬的圍堵
牠不管刺網的阻擋
牠吐狗水對土地

牠放狗屁對天空
只要牠願意

狗自由自在地跑
狗所看到的都比牠大
用兩隻腳托著笨重的頭顱行走
戰戰兢兢害怕觸犯法律
蜷縮雙手在褲袋裡
在哨聲叱喝裡無靠無依

狗自由自在地跑
牠所看到的都比牠小
用眼神說話低聲下氣
心驚膽寒貼身在陰影裡
戴口罩嘴唇緊閉
在污染空氣中消聲匿跡

（一九八七）

◆

一九八〇年代的政治改革運動常常走上街頭，以腳步實踐，這是在美麗島事件之後，台灣社會力爆發後的能量，市民權利意識的展現成這樣的形勢，推動出一九八七年的解除戒嚴。

每次群眾聚會、街頭遊行，統治當局都會在官署前方設置柵欄、拒馬、刺網。在首都的街頭，一次又一次的示威，顯示了被壓迫者對統治權力展現的不服後或抵抗。

人群被阻絕，但狗卻能夠自由自在地行走。這樣的場景有些諷刺。我以「狗自由自在地跑」展開這首四節二十四行詩。既是現實經驗，也是詩的經驗，帶有一些想像。

銅像、官署和拒馬、刺網在狗的心目中彷彿無物；而在狗眼中比牠大也比牠小。人比狗大，因為笨重的頭顱被兩隻腳托著，比牠小，因為低聲下氣。

在街頭的群眾運動，不只有柵欄拒馬，刺網等障礙物的限制，及噴水車、警棍的嚇阻工具；更有警察權力、司法權力的威脅。狗在這樣的處境中，相對於人，顯現了人的劣勢。

作為國家的主人，人民的權利應該受到憲法的保障。但民主並非天賜的禮物，常常是經由積極的爭取才能得到。有些國家，必須經由革命、推翻專制獨裁的政權，在流血流汗的過程實現。

台灣的民主化和獨立化，一直是政治改革運動的核心問題。民主化就會達致獨立化。但外來性殖民體制的統治權力敵視這樣的政治改革，以長期戒嚴襲捲了統治權。人民以抵抗運動追尋、實踐政治改革。

在街頭的群眾運動場景中，以狗自由自在地跑，對照人被限制現象，形成一種諷刺。戰戰兢兢害怕觸犯法律的人，心驚膽寒貼身在陰影裡的人。這樣的場景，這樣的對比，喻示了一個不自由國家的社會狀況。

解除戒嚴，但統治權力的心態並沒有真正自由化。從一九四〇年代末期到一九八〇年代末期，枷鎖的斷痕出現了，但枷鎖仍然存在。

## 22. 雨天的 Blues

### 冷靜的美學

雨不停地落著

他
從座位起身
走到窗檯邊
用手擦拭霧濛濛的玻璃
水氣沾濕掌心
彷彿淚珠
滴落在希望的死谷
像他的人生
職業像巨大的墳場

掩埋了青春
他擦拭霧濛濛的玻璃
擦拭出一個缺口
看雨中的都市
玻璃帷幕隔絕了噪音
死寂的都市
車輛穿梭
人群在匆忙的行列中遊移
冷漠的都市
一如浸濕的屍體
布滿蟲豸
他看到他的心在人群中盪漾
消失在視線末端
而軀體孑然在辦公室的一隅
陪襯著盆景
電話聲

打字機聲
敲打著
呼喚著
他
雨不停地落著

（一九八三）

◆

我一直不是鄉村型的詩人。儘管童年時期有鄉村體驗，但在學習、成長之路，就一直在都市生活。離開學校，從中學教師、新聞記者以至廣告的企畫、撰文，商業界的職場生活一直是我的工作領域。

一九八三年，我在一家公司擔任高階經理人，〈冷靜的美學〉這首詩的場景是我在台北市東區圓環旁一棟辦公大樓裡的體驗，從高樓層的玻璃窗俯瞰，可以看到車輛穿梭圓環，而人行道上有來來往往的行人，聽不見什麼噪音。

都市化與工業化是近現代化社會的走向，相對於鄉村性與農業性的田園景致，顯然這種近現代意味的是不同的情境，都市社會學提到的匿名與孤立，標立著生活在都市裡人們的孤獨。

因為沒有農地，也沒有繼承農業，隨著學習、成長之路，自己從島嶼南方的高高屏，而台中，後來定居台北，成為民間企業的上班族，從廣告代理而企業經營，以高階經理人棲身在企業裡。

從一九九〇年代到一九八〇年代，一直都是在職場辛勤工作的一個男人，娶妻生子，為謀家庭生活而投入工作。這期間，沒有忘記詩之志業，職場和文學領域的雙重性在自己的雙肩上承受著。

我想著自己，彷彿看見成為他的自己。我描述他，描述自己。在一個下著雨的工作天，我想像成為他的自己，在窗檯邊擦拭霧濛濛玻璃的景況。

這一年，我三十六歲，已婚，有兩個女兒，一家四口，是典型的都會小家庭。沒有連帶的土地，而是在混凝土構築的空間裡，一面在企業界，一面在文學的場域耕耘著。因為職場充滿挑戰，在文學的場域只能像兼業農一般，無法全身投入。因為這樣，才會在下雨天，這樣描述自己的人生，也描述都市上班族的人生。

都會型的人生是在混凝土森林裡的人生，這就是都市生活的現實。都會感受和鄉村感受是不一樣的，不同的際遇，不同的情境。

L.W.T
91.

23.

# 只迷信神明的庇佑

**信仰**

他
從沒有過真正的信仰
只迷信
神明的庇佑
苦苦等待上天的賜福
任何犧牲
在他看來都是忌諱
初一十五燒金紙

點香要求施捨
嘴裡唸唸有辭
灰燼污染街道
線香彌漫老巷
混沌一片天

（一九八九）

◆

台灣從早期移入者的墾拓，在農業型態和鄉村社會經歷長時間的歷史，即使工業化，都市化，仍然保留相當程度的農鄉生活習慣。從前，聚落群居到處都有廟宇，現在的神壇也遍布存在。農業型態，鄉村社會，敬天畏神，人們在信仰神祇中求取庇佑，但也流於形式。

看看台灣的都會景況，農曆初一、十五或初二、十六，仍然處處可見在店鋪前或大樓裡擺上供桌燒香祭拜的場景。但細心觀察，其實是聊備一格，簡便的摺疊供桌、罐頭、零食、泡麵、餅乾、水果，並沒有禮儀的莊嚴形式。

看看崇古禮的南韓，在祭祀時的形式和儀式，或看看脫古求新的日本，在神社擊掌行禮如儀的情景。台灣這個因為過去沒有自己國家的禮儀條件的國度，缺乏信仰的禮儀形貌。

他——在這首詩，指的是台灣人自己。在特殊歷史構造裡，台灣人被不同的外來統治權力宰制，追求的是經濟的利潤而不是政治力量，也不是文化的創造。相信各式各樣的神祇，但信仰呢？

大大小小的廟宇，香火鼎盛，信徒也不忘於供奉捐獻，所祈求保庇的也大多是個人、家族利益。希望賺更多錢、工作順利、考試通過，甚至從事不當行業也照樣膜拜，一樣有所期望。

說只是敬畏天地，但卻又貽害天地，這樣的信徒也一樣迷信庇佑、等待賜福。善良得有些愚鈍，常常在統治權力的宰制下成為順民，乞求平安。詩人陳千武的一首詩〈平安〉，以統治者的口吻說：「雖然／我無信仰／但是／我喜歡妳信神／……妳就／不再跟我吵鬧了」，對照副題：「我的愚民政策」，讓人感到悲哀，可以想像陳千武多麼渴望台灣人也有泰耶魯精神，盎克魯薩克遜精神，甚至大和魂一樣的台灣精神，而不只是祈求平安的心態。

看看每逢初一、十五或初二、十六，連都市的街道店面也一樣燒香拜拜，灰燼污染，線香滿溢，我就會想到信仰的問題，近現代文明的理性和感性，難道無法成為台灣的心性嗎？我們的信仰，只能停留在這樣的景況嗎？

# 24. 鎮魂之歌

## 這一天，讓我們種一棵樹

這一天
讓我們種一棵樹
每個人
在我們的土地
在自己的心中
在島嶼每一個角落
在掩埋我們父兄的墓穴
讓我們種一棵樹
聽到叫喊的聲音
看到血流的影像

但

讓我們種一棵樹
不是為了恨
而是愛
讓我們種下希望的幼苗
而不是流出絕望的淚珠

讓我們種一棵樹
不是為了記憶死
而是擁抱生
從每一株新芽
從每一片新葉
從每一環新的年輪
希望的光合作用在成長
茂盛的樹影會撫慰受傷的土地
涼爽的綠蔭會安慰疼痛的心

讓我們種一棵樹
做為亡靈的安魂
做為復活的願望
做為寬恕的見證
做為慈愛的象徵
做為公義的指標
做為和平的祈禱
讓我們種一棵樹
做為一種許諾
做為一種堅持
樹會伸向天際
伸向光耀的晴空
樹會盤根土地
守護我們的島嶼

# 綠化我們生存的領域

（一九八七）

◆

我出生的那年，台灣發生了二二八事件。這是一個歷史烙印，是戰後台灣精神史蒙難的篇章。許多知識分子文化人死於戰後入據統治權力的屠殺，但我的生命卻在死滅裡誕生。

一九六〇年代，高中時，從一位體育老師指著教室外牆的斑剝彈痕，知曉二二八事件。種子埋葬在心的土壤，一直到一九七〇年代才發芽，寫了一首〈不死的鳥〉（一九七三）發表在笠詩刊，詩中有「死了的故鄉上空／盤旋著一群鳥／像飛揚的／含冤詩篇」這樣的行句。

一九八〇年代，台灣的政治改革運動勃興，台灣意識擢升。有一次訪美，在許多地區的台灣人社團演講，出生於一九四七年的我被喻為二二八亡靈的再生。彷彿自己和二二八事件連帶起來。

一九八七年，台灣解除戒嚴，人民的歷史突破國家機器的宰制，浮現了反思的力量。二二八公義和平運動在這樣的情勢中發生。我寫了〈這一天，讓我們種一棵樹〉，並且在一個未完成的二二八紀念碑破土儀式中朗讀。

二二八公義和平運動推進反思力量，要求國民黨中國統治當局道歉、立碑、建紀念館、賠償。但作為一個詩人，我想的是種樹。在我們受傷的土地種樹，在我們受傷的心裡種樹。每一年的這一天，我們種樹，一棵樹是一個紀念碑。我認為這比要求官方的作為有意義多了。

種樹是樹下希望，種樹是水土保持、澤被家園。綠化即美化，林蔭會帶給我們愛和信心。五節四十一行的詠嘆調，孕育了朗讀的氣氛。這首詩，後來改寫了通行台語版本。也與作曲家蕭泰然合作，擷取部分章句，寫成〈愛和希望〉，與鄭兒玉牧師的〈台灣翠青〉一起成為〈一九四七序曲〉中的兩首歌詞之一：

「種一欉樹仔／佇咱的土地／不是為著恨／是為著愛／種一欉樹仔／佇咱的土地／不是為著死／是為著希望／二二八這一日／你我作伙來思念失去的親人／從每一片葉子／愛佮希望在成長／樹仔會釘根佇咱的土地／樹仔會伸上咱的天／黑暗的時陣／看著天星／佇樹頂在閃爍」

鎮魂之歌，撫慰我們受傷的土地與心靈。

L.W.T
96

25.

# 在夢魘中安睡

這城市

我們隱藏自己
在擁擠的人群裡
在污濁的空氣中
掩護焦慮
掩飾貪婪

玻璃帷幕暴露我們茫然的眼神
厚重金屬壓制我們不安的心
這城市
冷漠仍繼續繁殖
疏離卻不斷膨脹

沒有共同的語言
路口的紅綠燈也失去意義
只能依靠手勢
互相交換信號
互相懷疑怨恨

監禁自已在門與窗都查封的窗子
依賴電視的視野
我們認識剪裁和拼貼的世界
接收黨國指令
屏棄思考在夢魘中安睡

（一九八九）

從南台灣的屏東、高雄、到中台灣的台中，一直到北台灣的台北，我的人生行跡一路沿著台灣的西部平原描繪。南台灣是童年、少年時代；中台灣是青年時代；北台灣是青、壯年延伸的時代。

定居在台北，成為台北市民。在寫下〈這城市〉這首詩時，已經十五年。在一九八九年，那是四十二年中的約當三分之一，之所以成為台北市民，是因為工作的關係。職場在這個城市，因而成了這個城市的居民。

在台灣，市民這個概念並沒有積極的市民意識或市民權。這是因為長期殖民體制，戒嚴統治的關係，這個島嶼的城市居民只是居住在城市，感覺到人口相對的比鄉村密集，匿名性和孤立性的都市社會現象也很明顯。

距一九八七年的解嚴，台灣社會力的政治鬆綁現象逐漸浮現。從一九七九年美麗島事件以來的民主化抗爭，更為頻繁、激烈。生活在台北這個城市，如何描繪這個城市？

台北，是一個台灣人口最為密集的城市。中國國民黨黨國的權力中樞在這個城市，顯現出政治權力的意象；而工商的繁華現象交織在車水馬龍的擁擠以及霓虹燈的亮光中；文化上，中華意識症候更是強烈。

這城市，是所謂的首都，但並不是一個正常、獨立國家的首都，而是殖民性中國意識的統治權力宰制之地。這樣的城市，顯現什麼樣的城市意象呢？在我的觀看和凝視之眼裡，常常浮顯出蕪雜的風景。

擁擠，因為人多；污濁，因為污染。但人們隱藏著自己。擁擠的人群，污濁的空氣，似乎適合隱藏——匿名和孤立的人們，在這樣的景況中。焦慮可以掩護，貪婪可以掩飾。這就是某種意義的台北人，我就生活在其中。

新的高樓、大廈不斷被興建。因為人口多、需求大。整個城市裡，到處有建築工地，而且，玻璃帷幕牆和鋼鐵的架構成為建築物的時興。因為工業化、也因為都市化，城市缺乏農業時代鄉村社會的人間情懷，但卻又不斷增加人口，繁殖和膨脹意味的就是這樣的感覺。

有話語，但缺乏共鳴。沒有共同的語言並不是說有各種話語，無法溝通。而是缺乏相互感動。路口雖然設置紅綠燈，但交通巔峰時間仍然必須依賴警察指揮，信號並不是感情的傳遞，而是相互的不信。

視野是封閉的，因為政治宰制的因素，在黨國體制的長期化影響下，台北這個所謂首善之都的人們，也依賴電視視野——在那時代，黨政軍頻道餵食人們指令。讓人們在夢魘中安睡，因為不思考，因為習慣於被宰制。

## 26.
# 這鬼影子

## 銅像問題

挖土機轟轟作響
從排氣管
噴出黑霧
污染入夜的天色

工人們
努力將銅像的基座剷開
好讓大吊車將阻礙出路的重金屬
連根拔起
這鬼影子

已占據路口數十年
混淆著視野
干擾著景象
它懸盪在半空中
等待
垃圾車
運走

曾經
它蹂躪島嶼的歷史
它踐踏島嶼的心
以火紅的烙印

這政治的幽靈
仍然搖晃著島嶼
世襲的權力

牢固的布局

懸盪在夜幕裡
它的舞台已經消失
但角色仍然僵持
乾涸的眼神在霓虹搜巡

而工人們
堅持把它吊走
從緊扼我們城市的出路
讓它消失

（一九八九）

◆

一九八七年解除戒嚴統治後，台灣社會的自我解放力量顯現在各種社會運動。政治的、經濟的、文化的、但其牢結是政治的，緣於殖民體制中國意理的專制性，從二戰後一直宰制著台灣。

但是，為了實用，有時候可以移走蔣介石銅像這種政治象徵的構造。〈銅像問題〉這首詩，緣於台北市敦化南北路與八德路口圓環蔣介石銅像的拆遷，拆遷是為了改善交通問題，而不是去除宰制力量。

拆除作業進行時，挖土機、怪手在現場作業，轟隆的聲音出自機械的馬達聲。電視新聞在現場報導，著重於改善交通的課題。但是，挖土機在現場的作業提供另外的想像，是一種改變。

重金屬銅像盤據在路口，不只這裡，在島嶼的許許多多地方。看到工人們剷開銅像的基座，大吊車吊起銅像放置在大貨車上，那樣的景象彷彿某種革命的場景。

希臘導演安哲普羅斯的《尤里西斯生命之旅》，有一個場景是航行在多瑙河的平板拖船，有巨大的列寧頭像躺在那兒。同樣在一九八〇年代末期，這樣的政治風景連帶在一起，解構著宰制性的政治力量。

怎麼看蔣介石銅像？怎麼看二戰後的國民黨中國體制？數十年來占據在路口，對於人民的視野與景象都極盡混淆與干擾的蔣介石銅像，在黑夜裡就像鬼影子，是一種威脅的象徵性力量。現在它被吊在半空中，等待垃圾車移走。這種觀察，當然帶有批評。

一九八九年，蔣介石的兒子蔣經國已逝，但蔣家的力量仍在。在民主化的變遷中，蔣介石、蔣經國延伸的子嗣在中國國民黨的黨國體制裡，蠢蠢欲動，影響台灣的政治發展。

遷移蔣介石銅像的施工現場彷彿呈顯一個政治舞台，每一個過程都像在演繹歷史，移走蔣介石銅像，但政治幽靈仍然存在。夜晚、霓虹燈閃爍在那個原來有蔣介石銅像的圓環。

移走是必須的。想像工人們堅持吊走蔣介石銅像，要讓它消失，要給我們的城市生機。

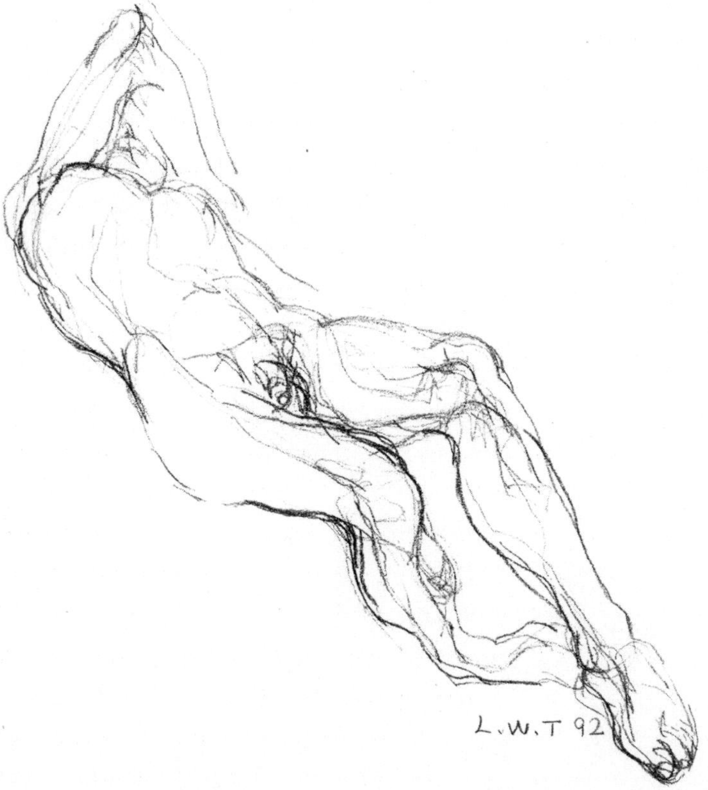
L.W.T 92

27

# 記憶的風景

## 記憶

在每個人的腦海裡
存在著地平線
未被污染的原野
盤旋在其上的雀鳥

雲在樹林間緩慢走動
放映藍天的故事
遠方旅人的信息寄託飄飛的葉片
風奏鳴著季節的情景

在每個人的胸臆中

存在著水平線
未被污染的海洋
悠游在其中的魚群

船舶在防波堤外航行而過
描繪著碧海的情節
遠洋遊子的嘆息夾帶翻滾的浪花
雨合唱著歲月的足跡

（一九九〇）

◆

記憶是時間的過去在腦海留下的形跡。記憶也是時間的過去在胸臆印拓的影像。

童年常常是記憶的窗鏡，童年在人生的背後走遠，記憶才浮現。這時候，人生已然進入青春以及之後的歲月。

我的童年記憶是在屏東的小學年代。恆春半島的海；大武山的形影：屏東平原的田園，在我的腦海和胸臆。就像詩人奧登（W. H. Auden，一九〇七—一九七三）夢想的「詩人學校」一樣，記憶裡的風景是我的校園。

地平線上有未被污染的原野，有盤旋在其上的雀鳥。

記得童年時代，小學一年級在車城國小放學後，常常從市街走至海邊，穿經防風林木麻黃樹，走過海防崗哨，在有寄居蟹的沙灘，撿拾寄居蟹。有時候，坐在沙灘上，看著海，偶爾有輪船在遠處航行。海浪一波又一波從遠方襲來，又退去。

相對於防風林的木麻黃，即使有風吹拂，但樹是靜的，動的是風。樹梢看出去、在天空中飄飛的雲和飛翔的鳥。而海浪永遠帶動海的風景，盤旋在天空的鳥也是動的。這樣的風景記憶常常在我離開童年成長之地，遷移到其他地方，定居到其他地方時，浮現在記憶的窗鏡。

水平線上有未被污染的海洋，有悠游在其中的魚群。

地平線與水平線交織的風景，成為記憶，在腦海或在胸臆。有理性的元素也有感性的元素。我自己覺得那成為我的鑑照和衡量之器。如果說，善美和真實有一種指標，這或許就是了。

旅人和遊子，信息和嘆息，飄飛的葉片和翻滾的浪花，這些形體和意象，就像自己的人生形跡，也像世間人的影像。交織在記憶裡的應該不只是我，也是你或他的記憶——如果，你是鄉村長大的孩子。

在都市成長的孩子，在某種意義上是不幸的。因為，在記憶裡缺乏自然的元素。因而，人生也缺乏自然的元素所形的人格。成長於鄉村，後來定居在都市，從南方經過中部而成為台北市民的我，常有這樣的人生感觸。

〈記憶〉這首詩，在一九九〇年代末公共電視《我們的島》這項生態環境主題播映時，成為片頭主題曲，由原住民歌手胡德夫作曲。這首詩，經由他自彈自唱，進入許多人的腦海和胸臆。

風奏鳴著季節的場景；雨合唱著歲月的足跡。這就是記憶裡的空間。風雨裡有美麗的記憶；記憶裡有美麗的風雨。

# 28. 我的心也跟著鳥奔跑

為一隻鳥

國慶日
人們紛紛逃離城市
帶走一個個心
奔向沒有門牌的出路

騰空廣場
給政客們的黨
旗幟占領街道
空氣中瀰漫口號

電視裡

新聞播報員誇張著喜氣
口沫橫飛
炫耀虛偽的禮儀

在厭煩中
我拉開百葉窗
讓封閉的視野延伸
向遠方

碰巧
我看見一隻斑鳩
走出路樹下的灌木叢
來到人行道嬉戲

小女兒正練習著蕭邦
但我寧願

她看到斑鳩快樂逍遙
果然她歡喜驚叫
為一隻鳥

她母親的聲音
在頻頻問詢
而她卻目不轉睛
注視斑鳩的形影
隨著鳥的跳躍舒放心情

為一隻鳥
她在心裡彈著歌
她在心裡畫著畫
她想像在視線裡
她和鳥玩耍在一起

我的心也跟著鳥奔跑
忘卻吵鬧的口號
忘卻旗幟的騷擾
彷彿遠離城市的圈套
飛到清靜美麗之島

直到斑鳩離去
消失在我們的視線
小女兒才搔頭嘆氣
而我也茫然不知所以
惋惜一段奇遇

小女兒靜靜坐回鋼琴前
她雙手放在鍵盤
久久彈不出一個琴音
她母親

不知道她惆悵的心

我知道
她在默想
為一隻鳥的旅程
她在沉思
為斑鳩繼續描繪的故事

（一九九〇）

◆

我的「詩人學校」是島嶼南方的海，田園與大武山。而我的兩個女兒，出生、成長於島嶼北方的城市，在某種意義上，是詩人奧登所說的不幸的孩子。

台北市是所謂的首都，這個國家也有國慶日。在戒嚴時期，國慶日常常舉行閱兵，呈現軍國狀態。解嚴後，在民主化的趨勢中，國慶日的活動仍然存在，變得虛飾化。對於許多人來說，這一天是放假日，難得清閒，可以離開去度假。

詩的開始，有些諷喻，人們帶著心逃離，到沒有門牌，也就是不被管控的地方。這一天，儘管虛飾化，仍然到處張燈結綵，張架牌樓，插在行道樹旁的旗子，東倒西歪。而電視機畫面，一些附和黨國體制的新聞播報員宣揚著國策、政令一般，在那兒播報著慶祝活動狀況。

〈為一隻鳥〉裡有敘述者的我，我的小女兒，女兒的媽媽，以及一隻斑鳩。我和小女兒從百葉窗的間隙，看著一隻從安全島的路樹下走出來，在人行道嬉戲的斑鳩。黨國體制劇場之外，另一個生活的劇場。

因為人們離開城市，斑鳩因而能夠來到人行道嬉戲，因為爸爸和女兒能夠看到這樣的風景：在城市裡的鄉村風景，一種自然景象在水泥森林演出的即興劇。

比音樂更重要。正在練習彈奏蕭邦曲子的小女兒，看著斑鳩快樂逍遙。我認為這是更重要的學習，這樣的學習經驗帶來驚喜。

母親在這首詩裡，象徵另一種教養的學習，她關心小女兒練琴。因為，她不知道，小女兒因緣際會在進行另一種學習。這是偶然提供的機會。

小女兒和母親，在兩種不同的境遇中，有交會，但卻又平行進行各自的方向。這種平行又交會的狀態讓故事帶來某種趣味。而重要的是為一隻鳥，爸爸和小女兒進行的故事過程。

不只彈著琴，也畫著畫。這是小女兒看斑鳩在人行道嬉戲的效應。而我，在斑鳩的嬉戲行程，免於口號的吵鬧，旗幟的騷擾，從政治的裝模作樣中得到解脫，洗滌了自己的心靈。

政治污染這個島嶼。污染這個城市，但一隻斑鳩，帶來相對的自然、生動、甚至自由。為一隻鳥，爸爸和小女兒專注著眼前的景象，放下筆，離開鋼琴。

藉著一隻斑鳩的演出，從政治污染解放出來，一隻鳥意味的是一種習於宰制性體制的解構。寧願為一隻鳥，而不願為一種宰制性的體制。

L.W.T
91.

# 29. 讓語言復活

## 詩的志業

我們尋找不被破壞的字
為了在虛偽國度追求真實

權力是罪魁禍首
驅使政治的幽靈扭曲語言
每一個字都可能是被害者

我們小心翼翼
呵護每一個受傷的字
讓字和字結合成抵抗的力量

讓語言復活
以便我們足夠堅強
去逮捕加害者

（一九九〇）

◆

語言的世界是認識、記錄、思考、批評的領域，以文字的符號構成。符號承載著意義，並且有其形式：視覺的或聽覺的。

詩是以語言寫成的，在某種意義上來說，就像「世界在語言裡」一樣。詩人，在這樣的架構下，面對語言的課題。

不能只把語言當做符號，工具、方法、精神的層次在符號之外，或在符號之上。

從牙牙學語的時期，人就懂得語言及其指謂。學理上說的「符碼」和「符指」，其實就在人們的生活裡被面對。詩人背負著對語言的更深沉責任——這比一般爭論的用語，用字問題，要重要多了。

在我的詩人志業裡，「小心翼翼／呵護每一個受傷的字」以及「讓語言復活／以便我們足夠堅持」這樣不停地指涉著。

〈詩的志業〉裡，我反省了自己作為一個詩人的責任，並且引喻了「受害者」和「加害者」的角色，而把詩人的藝術責任和社會責任，提高到不只是舞文弄墨。

在欺罔的國度裡，意義常常被政治權力干涉、破壞。威權獨裁的政治文告裡，民主和自由是謊言，但卻被包裝在精美的修辭語脈裡——這就是世界許多詩人認為詩人的職責也含有拯救語言的原因。

不只政治權力會破壞語言，商業力量也會。政治公害和商業公害就是語言受到破壞的原因。當然了，蕪雜、任意、粗暴的語言狀況，即便沒有政治、商業原因，也會破壞語言。只是這樣的層級較低，一般出現在沒有反思自己的詩人詩藝。

這首詩，並不是我第一次對詩人的角色和責任的反思。常常，我會以詩論詩，以詩論詩人，就好像在自己的詩人之路停下來探看自己。詩是為了什麼？詩人應當有更深刻的體認。

被害者是每一個字，加害者是任意妄為的統治權力或是其他力量。波蘭詩人米洛舒在〈忠實的母語〉裡，說自己執著的波蘭話也是「降格的語言」「告密者的語言」，而他是那個「也許我終究是必須嘗試拯救你的人」。讀起來令人動容。

L.W.T 95

30.

# 世界在瓷杯裡攪動著

## 街景

詩人們
在街角的咖啡座
談論革命的歷史

偶爾
翻閱著晚報
在音樂裡議論時事
遠方充滿戰爭的消息
獨立運動與統一分別進展
世界在瓷杯裡攪動著

玻璃窗外
行人匆匆走過
尾隨著迷失的狗

（一九九〇）

◆

街角的風景也是現實的風景。

現實的風景裡有現實的詩。

〈街景〉，其實很輕。輕到描述在咖啡廳有詩人在談論革命。翻閱晚報，外頭有匆匆走過的行人和迷失的狗。

關鍵在詩中，有遠方的戰爭消息，有獨立運動和統一的世界動態——但這都彷彿在咖啡的瓷杯裡被攪動一樣。

瓷杯的瓷，外來語稱「China」。在這首詩裡，一語雙關不無意味台灣被中國影響。統獨問題，關連的就是與中國的關連。台灣的政治問題，除了一個外來體制殖民意識政權之外，也還有一個取代它統治中國的強權。

詩人，常常是空談者，崇尚清議。在當下的台灣，詩人也被捲入統獨議題。談論革命，在咖啡店，帶有一點諷刺。但是，也是現實的風景。

我這麼調侃自己從事的志業。在批評詩人的時候，我也批評了自己。晚報和音樂、新聞加上藝術趣味，這似乎是詩人生活的況味。在咖啡店的場景裡，我——也許是其中的一個。看來，多麼無能為力。

這就是詩人嗎？

這就是台灣的詩人嗎？

有時候，我們用咖啡館左派去影射談馬克思主義的一些知識分子、文化人，以及詩人的行止。豈止咖啡館左派，也有咖啡館右派，甚至去附庸戒嚴體制的統治權力呢。

詩人何為？

在統獨論爭。不，其實是獨立為一個自己的國家或降附於中華人民共和國的論爭之政治情勢裡，台灣的詩人們的處境，應該被如何觀照呢？

敘述一幕街景，看到詩人、一般行人和狗。難道只有迷失的狗嗎？詩人，難道沒有人迷失嗎？

匆匆走過的行人，或許是為了生活，難得悠閒，對照著悠閒於咖啡館談論革命歷史的詩人。這個世界呈顯的是什麼樣的風景？在我們國度的街角又呈現什麼樣的風景。

花是為自己散
花自己就是
生命—麵包

# 四、花自己就是生命

# 31. 思考吧！在餘暉消失之後

## 沉思

從海面
逐漸要沉沒的
夕陽
我想到腐爛的供果

也許是敗壞的心
也許是權力的神位
也許是某種意識型態
例如祖國

通紅的記號

像血
轉瞬間就會變為黑暗
思考吧在餘暉消失之後

我想我們經得起黑暗
為了新升起的亮光
我們要轉換新的視野
在晨光裡和鳥兒一起歌唱

（一九九〇）

◆

一九四五年八月十五日，日本宣布結束對台灣的殖民統治後，台灣並沒有解放獨立。不像二戰後許多亞洲被殖民國家在獨立之後重建自己，而是在祖國的迷障中，於同年十月二十五日由蔣介石派遣的陳儀及軍隊進占。

台灣因而成為在一九四九年敗亡於共產黨中國的國民黨中國領地，並且捲入國共鬥爭的歷史。糾葛在漢賊論的正反中，從中國的正統到中國的異端，國家的地位不確定，彷彿漂流在太平洋的一艘船，傾斜著。

台灣有原住民，有平埔族祖先，但從唐山渡過黑水溝到這個島嶼墾拓經營的福佬人，客家人，在意識裡仍未完全割捨原鄉。被日本殖民時期，惑於孫文革命後也有一個民主的中國，而失去自我主體，思慕祖國，二戰後，未能獨立建構國家，被糾葛在前後，又並置的兩個中國的宰制情況裡。

從夕陽想到中國，因而思考台灣的處境。在太平洋西南海域的台灣，與中國對峙的方向正好是太陽沉落的西邊。而共產黨中國以紅太陽自居，既因為共產黨的政治象徵色彩，也有共產黨以東方紅形塑自己的意味。想到祭祀在神位的供果，一如情結，而供果久置會熟透腐爛，正好像夕陽西沉於海之前的景象。

敗壞的心，權力的神位，意識形態，這些都是台灣人的中國經驗。二戰後，迎接所謂的祖國進占，歷史被烙印的傷痛與傷痕，印拓著中國的症候。從歡迎祖國到心生怨懟，從迷惘中覺醒，體認到被出賣的台灣，無一不是中國經驗的積累。

不是夕陽無限好的感觸，而是血的印象。政治受難的血，被傷害的血，從夕陽聯想到這樣的情況，因而在夕陽消失的黑夜，在黑暗中省思自己。

黑暗過後，就是新的一天。日出時，陽光再度黑暗。台灣需要轉換視野，不是沉迷於祖國意識。國民黨中國也好，共產黨中國也罷！不斷被出賣的台灣是因為沒有主體，是因為沒有建構自己的國家。轉換新的視野，才能尋求新的發展方向。

# 32. 但美麗的光景很快就消失

## 日蝕

下過雨的午後
街頭暫時洗淨了樹身
枝葉顯露光潔
但美麗的光景很快就消失

我看見一個行乞者
跪在街角的速食店門口
渴望路人伸出援手
而人潮洶湧流過

冷漠的世界

陰影在重金屬下繁殖的世界
霓虹照耀發霉的建築
貪婪的重負靠彎腰駝背掩飾

我走近並遞出一張紙幣
迴避感謝的眼光匆匆遠離

（一九九〇）

◆

我不是田園詩人，鄉村經驗是我童年成長經歷過、而且成為我生命的感覺和涵養的成分，但卻不是我成年以後的現實。可以說，我是一個都市型的詩人。

都市的光與影是文明的課題。記得，有一年在德國參觀科隆的路易美術館，當時正以歷史意識展覽二十世紀的美術，其中的一個單元主題就是都市的光與影。

社會學家在觀察都市時，會以「匿名」和「孤立」去形容人們的情境。這與「市民社會」「市民權」的政治與文化觀念對照，充滿了負面性，生活的焦慮現象，都市比鄉村更明顯。

但在台灣，似乎鄉村也消失了，鄉村的情境，不再是農業被保護得很好而讓生活在其中的人感覺到真正安置。都市聚居的是超過其負荷量的人們，相應的是工業化帶來的零細化，不安現象充塞其中。

〈日蝕〉並不是氣候現象，只是借用「蝕」的語意，用來形成陰影。照理說，白日應該充滿陽光，但其實不然，陰影並不是雲彩籠罩形成的，而是都市的街角景象常常存在的有缺憾的人間景象。

在都市的光鮮亮麗裡，也有行乞者。這首詩就是「我」與「行乞者」之間形成的都市風景。這裡的「我」，會是你或他，如果你或他在這種事態中也有所閱讀或思考。

我曾以下過雨的日後可以看到彩虹，描述過污濁空氣中，雨珠帶來彩虹，而架起山谷的橋。這首詩，雨也有清淨我們都市的功用。但清淨也只是短暫的。

我常看到行乞者在街角在路口，為了生活而難堪地向路人伸手。相對酒醉金迷的都市現象，這樣的景況刺痛觀照者的心。任何的同情看來都是薄弱的，因為你會想到一位日本詩人說的「如果世界還存有一個癩痢頭的，作為詩人的你不能認為你不是那個人！」

詩人能夠做什麼真正有益於人們的事？言語的力量能貢獻什麼？以一首詩嗎？

以一首又一首詩嗎？

## 33.

# 包紮我們城市的不是夜暗

## 夜蝕

一整天都在爭吵的街道
夜將盡時安靜了下來
彷彿在太平間
驚見冰凍的屍體而噤聲

清潔工人在黑暗中
為城市打掃沉積的穢物
並清洗路面
狗吠和貓叫在高牆裡

陽光仍會降臨

星光依然俯視
但腐敗的氣息漂浮
籠罩著骯髒的心

包紮我們城市的不是夜暗
是腐臭的繃帶
一具具死腫的軀體在夢魘裡
呻吟著等待日出的翻醒

（一九九〇）

◆

寫了〈日蝕〉之後，隨即完成〈夜蝕〉。日間的城市和夜間的城市都是我觀照到的現實，這個現實就是我生活的城市——台北。

我曾寫了〈這城市〉，也寫了〈街景〉，都是我的生活現場。其實，我的詩都形成於我的生活現場，包括了我從屏東、高雄、台中到台北，甚至旅行過的世界其他地方。但台北更是。

日間的光影，夜間的光影，前者是日光而後者是燈光。日之蝕和夜之蝕，鑑照的是不同的場景，卻也有相同的意含。蝕——畢竟代表被籠罩、被破壞。

深夜，繁華的都市才獲得片刻的安靜，但這樣的安靜並不是寧謐，而是近乎死寂的氛圍。像是一種假象，如果日間的光景是實像，彩色照片也罷、黑白照片也罷，那麼，夜間的光景彷彿底片。

洗街的清潔車緩慢行走在街道，洗刷淤積道路的污染塵土，清潔工人利用這樣的時間為空間重新妝點，以求新的一天再度讓城市的建築物，環境清淨。這是人們常見的都市景象，有些人白天活動、有些人夜間工作。都市即便在安靜空間，也並不是真正的安靜。

高牆裡的宅邸有狗有貓，牠們的吠叫聲憑添某種嘈雜的意味。擁擠的都市人口，加上貓狗之類的寵物。當人們睡眠時，狗吠貓叫聲特別嘹亮。

在夜間，可以等待的是另一天來臨的陽光；而夜間，有星光俯視，特別是當燈光熄滅、霓虹消失之後。即便有陽光和星光，但在都市的陰影裡，仍然無法消除腐敗氣息——橫流的物欲，追逐名利的傾軋。

相對於鄉村的夜晚，都市的夜晚沒有真正的寧靜——而是死寂，短暫的、假性的寧靜。人們用各種手段打破自然律的規則，常常讓心靈污染。

是夜暗包紮我們城市的嗎？不是的，而是腐臭的繃帶，是已經使用過的、污染的，不是白色而是黑色的繃帶。繃帶的包紮意味著傷口。而人們沉睡，在夢魘中彷彿死去。因為不安寧而呻吟，但仍然會在日出的每一天醒來。

# 34.

# 那是權力編織的網

## 污染

為了維護巨大的煙囪
鎮暴警察封鎖了整個村莊
噴出的煙霧使稻田變成黑色
遮住整片天空

那是權力編織的網
為了籠罩會思想的腦
為了束縛會感動的心
堂皇的理由是為了發展

發展就砍伐栽植的希望
死滅的土地
曝曬著發臭的鳥禽的屍體

（一九九一）

◆

台灣的經濟發展是在重工輕農，以農養工的國策下走過來的。向農民徵收土地、開發工業區，而工業污染的公害反過來破壞農民生活環境。常常看到政府為徵收農地，派遣出鎮暴警察對付不服從者。而工業污染事件發生時，政府也一樣派遣鎮暴警察對付抗爭者。

開發主義從六〇年代就開始了，以工業為中心的發展政策，以出口為導向的經濟政策，讓台灣的土地受傷，也讓台灣的人民受傷。環境受到的破壞難以修復；心靈受到的破壞也難以療癒。

從六〇年代、七〇年代、八〇年代到進入二十一世紀，這樣的發展之路並沒有真正改善。而最大的受害者是農業人口、是生活在鄉村的人們。

重工輕農，就像重經濟輕文化一樣。看著各種工業污染造成的破壞，看到使稻田變成黑色的工業煙霧，彷彿看到權力編織的網。那是為了籠罩會思想的腦，也是為了束縛會感動的心而造成的。

不當的統治權力不希望人民的頭腦會思想，也不希望人民有會感動的心。所謂的政治破壞並不只是權力獨占或權力妄為，而是對於文化的破壞。

經濟發展如果不是福祉主義，容易形成物質中心的利己主義，造成貧富不均的社會。不幸的是，台灣的經濟發展就是走向這種路程，不只讓人們滿足於物質主義，也造成社會矛盾。

污染源是政治的病理，也因為對土地掠奪造成的災害。台灣誇耀的經濟奇蹟，有許多是破壞環境、製造污染帶來的。如何重建土地倫理，重新評估經濟發展的政策走向，是生活在這個土地的人們必須面對的課題。

當土地曝曬死滅的鳥禽，當不當的砍伐造成的土石流肆虐，當綠色稻田變成黑色，當污染鋪天蓋地在我們生活周遭威脅，思考吧！反省吧！不要讓不當統治權力宰制我們賴以生存的土地。

L.W.T
95

35.

# 夢的共和國

## 傾斜的島

在權力的黑盒子裡
軍隊操練著統治儀式
槍與砲的影子
鎮壓著土地與人民
島嶼因搖晃而傾斜
在風浪中吶喊
夢的共和國
在血與淚灌溉下發芽成長

（一九九〇）

◆

台灣的這個國家，在「中華民國」的名與實裡是殘餘的，虛構的，他者的。殘餘的——因為它標榜的中國是在海峽對岸，自己只是小部分；虛構——因為這個國家並不真正被承認；他者的——因為黨國體制來自其他地方，心態也是。

一九四五年，二戰結束，日本結束對台灣的殖民統治。蔣介石的軍隊代表盟軍接占台灣，「中華民國」的黨國體制在一九四九年亡於中國共產黨建立的中華人民共和國之後，流亡到台灣，順著南韓、北朝鮮內戰的形勢，以美國前線的地位，成為在台灣的一個國家。

「中華民國」未流亡到台灣時，已發生一九四七年的二二八事件，台灣知識菁英犧牲殆盡。流亡到台灣時，更以白色恐怖統治，堅壁清野，殺害異議人士，長期戒嚴。在黨國獨裁下，被出賣的台灣尋求自我重建，追尋建構自己國家的夢想。

戰後台灣的歷史，滴淌著為民主、為自由的血與淚。從戒嚴時代到解嚴，政治改革運動顛沛於尋找與追尋之途。一個小小的島，夢想著成為一個真實而正常的國家，經過許多挫折。

戒嚴統治的長時期，民主選舉並未完全實施，國家統治者由蔣介石與蔣經國父子獨占。在那樣的時代，黨國體制以反共復國為名，遂行獨裁。任何異議或威脅到中國國民黨蔣體制的聲音都會被以判亂治罪。

統治權力的黑盒子控制在蔣介石、蔣經國父子的權柄，軍事統治的力量來自軍隊，來自槍與砲，那樣的力量像影子一樣，鎮壓著台灣這塊土地，以及生活在這塊土地的人民。

如果台灣像一艘船，這艘船浮航在太平洋海域，因為國家地位受到質疑，而且民主化發展不全症候導致的崩壞現象，形同搖晃著。但人民發出吶喊，進行自救。

一個夢中的國家，是從殘餘、虛構、他者的宰制，獨立起來的新國家。在一個傾斜的島，人民努力建構一個真實而正常的新國家，一個自由的美麗的小小國家。

L.W.T
93

36.

# 在孩子的孩子們心裡成為星星

## 想像

生日那天
妻送我一束花
孩子們圍繞著點亮燭光的蛋糕
歡唱了祝福的歌

那束花
終於也枯萎了
把花丟棄時
感覺自己也被丟棄一次

那晚

想起死去的父親
想起和弟妹圍繞著父親
一起唱生日快樂歌

死去的祖父
成為星星升上天空
這是孩子們的想像
他們常常告訴我的想像

被丟棄過的我
有一天
也會成為死去的祖父
在孩子的孩子們心裡成為星星

我躺在妻的身旁
想著這樣的事

說什麼也睡不著
把妻叫醒了

也許不該送你那束花
妻說

但我認為
這並不是花的問題
也許是年歲的問題
感覺睏倦要閉上眼睛的時候
隱然看見一個星星
在低垂的月亮旁眨眼

（一九九一）

◆

生與死，在有了年紀之後，感受才較為深刻。在許多詩人的作品裡，讀過生與死的意味。

生的感受，常常也是死的感受，生與死，究竟要如何面對呢？有生，然後有死。從死亡更能感受生。

自己的生日，想到已經亡故的父親的生日、從自己孩子言說裡：「死去的祖父，在孩子的孩子們心裡成為星星」。

生命，其實是奧妙的，一代傳一代，有限的生命，綿延成無限的生命。生的歡喜，死的哀愁，其實是相倚的情境。

我與孩子、與父親是延續性的關係。我與妻，是並時性的關係；與弟妹也是這樣的人間關係，很有意思，意味著生活。

詩人陳明台曾經以「人生的詩」談我大量政治意識之後的詩風格。當然了，大量政治意識之前，是情愛之詩。隨著人生的成長，才看到詩裡觸及人生。

人生有青春、朱夏、白秋、玄冬。寫這首詩時，我四十四歲，仍在朱夏期。但父親在這時已離開人間。兩個女兒在小學就讀。交織三代的親情，生與死綿延和形跡在腦海裡浮現。

自己曾和弟妹一起慶祝過父親的生日，而孩子們和妻一起慶祝了我的生日。生日，本來是生命的開始。但，在自己的生日，想到父親的生日，並因而想到死去的父親，也想到有一天自己也會像父親一樣，不免感傷起來。

孩子們的童言童語，說死去的祖父成為星星升上天空，這是一種想像。但這樣的想像，讓我也想像了自己。在年歲與花的思緒中，失眠了。

故事很簡單，就像許多人的人生經歷一樣。但，在想像中有詩的存在。日常，但又不是日常，是因為花，也因為星星的緣故。

睏倦了，想要閉上眼睛。這時候，窗口看得見的月亮旁，星星隱然亮著。星星眨眼，是一個信號、一種招呼。那是父親嗎？還是隱喻著自己人生的記號。

L.W.T
91

# 37. 花自己就是生命

## 麵包與花

吃了法國麵包
百合花仍然盛開著
麵包與花都是生活必需品

從賣店
帶它們回家
是昨天黃昏

麵包
已經吃進肚子裡
會消化在生命之中

麵包是因為要消化
給生命
而散發誘人的香味

花仍然存在
早晨的光線在桌面
繪出花的影子

枯萎的花
也會被丟棄
但花覺得自己比麵包重要
花是為自己散發香味
花自己就是
生命

我告訴妻這樣的想法
一面看著百合花
感覺花的影子在縮小
上班途中我決定
以後回家時
只負責帶花
而且
要丟棄枯萎百合花的
不是我

（一九九一）

◆

離開工作的地方，回住家的路上，我經常會買麵包，買花。搭車或走路，在台北的生活，就像一般中產階級一樣。

早上，離開住家要到工作的地方，不會沿途買東西，看書，或看風景。一天的開始和結束，有些不同。

麵包是為了吃，而花呢？是為了看。書應該歸類在花這個項目。物質的與精神的，在我們生命裡都需要。

麵包與花，哪一樣重要？

就像人們問說：麵包與愛情，哪一樣重要？要怎麼回答呢？每一個人都不一樣。但一般說來，會認為麵包重要。

生活裡的生存，依賴物質條件。沒有麵包，人會活不下去。先生存，然後生活。

有時候，我會想自己年輕時，在衡量麵包與愛情時的想法，作為男人，只被衡量而不是衡量者。因為這樣，人生之路必須承擔責任的壓力。

藉著麵包與花的差異性，我讓兩者有自己的言說。其實，在這首詩裡，麵包是被言說，花才有自己的言說。

麵包是什麼，而花覺得自己如何？相對地位顯然不一樣，麵包是為了生命，而花自己就是生命，看來，我是藉著花在發抒自己的精神論。

告訴妻子麵包與花的差異性，引喻了自己的觀照。似乎意味著在強調作為丈夫的我重視精神——而這通常是女性的執著。

這樣的講法在詩的結尾有一種自以為是的狡黠。男人的我，把買花當做自己的事，卻把丟花的事推給別人，顯然包括妻子。逆轉了麵包與花的地位。這種自以為是，其實只是一種發言，流露著浪漫的意味。

生活裡的觀照，常常可以發現到隱藏其中的詩情。日常性裡的非日常，需要一些新的視野。

寫這樣的詩裡，我既在工作的職場，也在詩的場域，為了麵包也為了花，人生之路的形跡在自己的腳步延伸，也在自己的筆下描繪。

L.W.T 94

# 38. 更永恆的存在

## 詩的光榮

我因讀到一首詩而興奮
釋放了監禁在心房的一隻鳥
詩的開頭：
「列寧的夢消失了
而普希金的秋天留下來」

谷川俊太郎先生
實在太美了
從你的莫斯科印象裡
我彷佛看穿了蘇聯的風景

不
看穿的是帝國的風景
而那是一九九〇年

一九九一年
列寧自己也從天空傾倒
流落在草地上的頭顱蒙上灰塵

詩畢竟是
更永恆的存在
比起革命

不
是比起權力
是比起政治



·註：「」內引用的日本詩人谷川俊太郎詩句，出自〈胡蘿蔔的光榮〉。

詩是監禁在心房的鳥
詩是封鎖在冰雪裡的春天
詩是傷感和寂寥的秋天

但詩不絕望
像我緊握著筆

謝謝你
谷川先生
普希金先生
從你們的詩
我看見真正的光榮
而為了詩的光榮
我心房裡的鳥
會不停地穿梭飛翔

（一九九一）

◆

讀了谷川俊太郎〈胡蘿蔔的光榮〉（蕭翔文譯），感動良多。那是一九八〇年代末，一九九〇年代初，谷川俊太郎在莫斯科旅行，有感而發，而寫下的詩。

「列寧的夢消失了／而普希金的秋天留下來」，這是關鍵性的詞語。詩人對於蘇聯革命的觀照視野，簡潔而有力。

列寧象徵共產革命；而普希金是詩，是文學的象徵。列寧的夢——共產黨的理想；普希金的秋天——既是普希金詩裡的秋天，也是俄羅斯的秋天。前者是政治——意義是相對性的；後者是文化——意義是絕對性的。

詩的光榮，在谷川俊太郎的〈胡蘿蔔的光榮〉裡，明晰地描繪出來——那是這位日本詩人看到共產體制下的蘇聯，老婦人在市場看到胡蘿蔔而流露歡喜的神情，目睹共產革命的許諾破滅而觸動的詞語。

世紀的革命家列寧，他的夢想在現實政治的權力裡，成為幻影。這使我想起二十世紀有許多重要的詩人獲得列寧獎的光影。如果共產主義是文化的，但共產黨的無產階級專政在政治的實踐並無法實現文化理想。

在蘇聯解體，一九八〇年代末，東歐民主化浪潮終結了共產體制之後，列寧銅像在許多國度被傾倒。這樣的景象，出現在希臘導演安哲普羅斯的電影《尤里西斯生命之旅》的一個場景，是讓人印象深刻的：一艘航行在多瑙河航經保加利亞、前南斯拉夫的平板拖船上，平躺著的白色巨大的列寧頭像。

我從谷川俊太郎對比列寧的普希金的行句，想到詩的課題。比起革命、比起權力、比起政治，詩應該是更永恆的存在，這是我的信念。儘管詩有時是被監禁的鳥，被封鎖的春天，是像秋天的季節一樣讓人感受傷感和寂寥的，就像我自己的詩所呈顯的情境。

我告訴自己要為詩的光榮——並不是權力，而是意義——努力，要像不停穿梭飛翔的鳥。

從谷川俊太郎和普希金的詩，我看見真正的光榮。因為相對於消失的列寧的夢，普希金的詩和俄羅斯的秋天更為永恆。

L.W.T.
95.

# 39. 綠色密林包藏著鎮壓部隊

隱藏的風景

從我的窗
能看見鎮壓部隊
隱藏在公園預定地
鎮壓部隊
在陽光下演習的陣式
成為我窗口風景的一部分
綠色密林
包藏著鎮壓部隊
但他們暴露在光線裡

我的眼睛
因常常與鎮壓部隊相遇
而疼痛
只好拉上百葉窗
拒絕那風景
也拒絕了自然的光線

黑暗的房間
像我們的城市
依賴燈光照亮
頭腦經常暈眩

但自然光裡
銳利的物象
更傷痛人的心

因此
把心冰藏在腦海
把腦冷凍在心房
我武裝著自己
以便對抗鎮壓部隊的迫害

在腦海裡的心因冰藏而冷卻
在心房裡的腦因冷凍而冰涼
在思考和批評裡
鎮壓部隊粉碎了

我打開窗
看見綠色密林覆蓋鎮壓部隊的殘骸
自然光呈現耀眼的七彩
映照著藍天

（一九九一）

◆

我的工作室俯瞰著台北七號公園（大安森林公園），這是一片廣達二十七公頃的森林公園，是我日常工作時的窗景。

我搬到這個工作室時，這個公園仍然只是一個自日治時期就留下來的計畫預定，臨路的四周都是矮房子店鋪，國際學舍是一個留下許多人記憶的地標。從外部看不到的中央，是憲兵部隊駐紮的營地，停放著許多紅色噴水車、鎮暴車——那其實是鎮壓部隊，隨時為了示威遊行、抗爭活動準備的武力。

只要有示威活動，從我的工作室就可以看到憲兵在演習的陣式。安靜平和的綠色密林裡，包藏著鎮壓部隊，這樣的情境常常在我腦海浮顯。

藉著我與現實場景的對應、互動，我發展出這首詩。寫作時台灣已解除戒嚴，但政治氛圍仍然緊張。畢竟從戒嚴走向解嚴，形式的鬆綁和實質的鬆綁是有落差的。

我在工作室，常常與包藏在綠色密林裡的鎮壓部隊相照面。延伸的意義是台灣民主化與自由化，在發展時面臨的困厄處境。看，進而觀照，進而省思，我的詩因而形塑出行句。

工作室面對公園的是有百葉窗的一大面窗玻璃，風景很美，但鎮壓部隊隱含的卻是一種暴力。因而我把遮陽作用和抵抗連結在一起，在拉上百葉窗時，感覺像拒絕那種戒嚴風景一樣。但反過來而言，為了拒絕戒嚴風景，也拒絕了自然的光源。

工作室裡，需要開燈，這是一般辦公室常見的景象。依賴燈光，既是近代建築與生活的形態，但燈光與自然的零和關係裡，延伸出外力和內力的衝突性。

引喻的就是把心冰藏在腦海，把腦冷凍在心房這種壓迫性以及自覺了。把意義武裝起來，思考現實場景，對抗迫害，存在著某種隱喻。

感受到語言的武裝發揮的力量，因思考的批評，粉碎鎮壓部隊。打開窗，重建一個新世界，一個映照藍光，自然光呈顯耀眼七彩的世界。

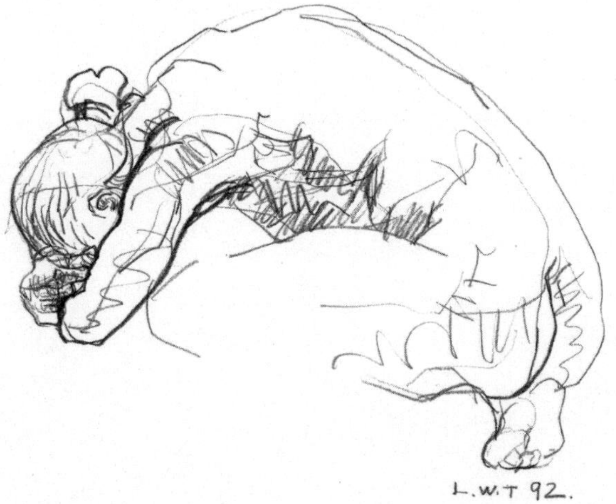
L.W.T 92.

# 40. 非日常性的風景

## 旅情

從北海道回來
但我的眼睛
遺落在札幌中央公園
仍然停視牽牛花環繞的雕像
女人的身體依偎在男人臂彎
背景是初秋藍天和白雲

在亞熱帶島國自己的書房裡
我翻閱旅行的相片簿
妻的笑容正面對著我
彷彿又從照片裡

我與她在異國相遇
雕像的基座刻了「愛」的字樣

那就是愛嗎？
我對著相片裡的妻問
而廚房裡正傳來妻作菜的聲音
菜的香味和米飯的香味
妻已經回到生活的家
不知道丈夫在異國仍未回來

（一九九二）

◆

生活裡意味著日常性，而旅行則是非日常性的，意味的是從日常性的脫出。旅行，留下記憶，在腦海，也在相片裡。

我喜愛旅行，在我們自己的國度，或去異國。在旅行地圖——現場的，心靈的，印拓著無數的風景。

有一回，我們家人一起去了日本的北海道，在札幌的中央公園一座雕像前，留下夫妻兩人的形影。

在書房翻閱旅行相片簿，看到這張相片，撩動了記憶，撩動了旅情，也撩動了詩心。詩常常因為某種際遇，某些觸動而發生，某種靈感形成，等待著被詩人之筆捕捉。

我在翻閱旅相片簿時，妻在廚房料理晚餐。比起我的翻閱相片，妻的料理工作是相對的日常性的。所謂的柴米油鹽，女人承擔了大部分家務。妻忙碌時，女兒也許在練琴或閱讀，我也一樣在等待晚餐時書寫或閱讀。

與我的一首詩〈對照〉，我與小女兒相互探看的情境不同的是：我在旅情的非日常性裡，而妻在廚房工作的日常性裡。我與妻在相片中的情景是相互依偎，而在生活的現場則分別在書房與廚房。

男人的特權？詩人的特權？在這首詩裡，發言者的我掌握了意義的詮釋權，掌握了言說的條件。「妻已經回到生活的家，不知道夫在異國仍未回來」，其實是片面的想像，是一種自以為是，藉由書寫者特殊權力而流露的語句，雖然具有文本的意義。

相片中雕像和背景刻了愛的字樣。那就是愛嗎？應該是的。當我問時，妻無法回應。因為她不在詩的現場，她在生活的現場。

妻常抱怨這首詩，讓她成為日常性中被束縛的女人。在生活中，確實常常因為角色的扮演，男人和女人不盡處於公平的地位。但男人和女人，相互的背後要有能夠為對方設想的人，才會幸福。

在旅行時，留下非日常性的記憶，才能夠調節日常性的貧乏、單調、枯燥。詩，其實在日常性中追尋著非日常性。相對於散文，呈現著非日常性的風景。

黑暗中晃動的燈

寒風裡

霧夜中

航行船隻的汽笛

# 五、一首詩應該是一個許諾

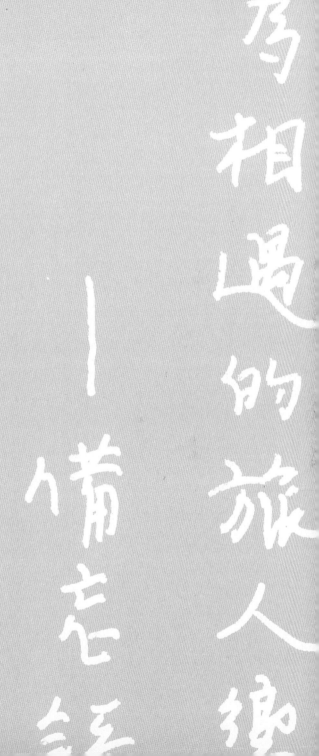

# 41. 詩和音樂的交會

## 對照

女兒在她房間
練習大提琴
我練習寫詩
在我的書房裡
詩是靜靜的音樂
而音樂
女兒說音樂是律動的詩
這句話在女兒的弦音中浮現
她顫然的手提著弓
我顫然的手握著筆
她面對樂譜呈現樂音

而我面對世界尋覓著詩
因為生疏
她不能完全和音樂相遇
正在尋覓一行一行詩的我
也困頓著
而突然
女兒說話的聲音
在音樂消失後
出現
她站在書房門口看我
而我在思緒的門口
出神
凌亂的書寫歪斜在稿紙
像在等待發聲
而靜默著

（一九九三）

◆

我常常在詩裡思考詩之為詩的課題。詩是什麼？為什麼？在每本詩集裡，都收錄了在一個期間裡相關的作品。

詩人通常會這樣，在詢問自己時，也答覆自己。問題與答案交織，成為一首又一首詩。

詩以語言形塑，語言有圖像，也有聲音，分別連帶著美術和音樂，因而具有視覺性和聽覺性。

小女兒學習鋼琴和大提琴，她小時候的家庭功課交織在樂音的情境裡。我的書房，門扇的上半部是玻璃，可以看著通道延伸的客廳。在書房，我可以看到練琴的小女兒。

我在書寫，而小女兒在練琴，這是常有的情景。我寫著寫著，一側臉就可以看到小女兒，這樣的對照，自然就形成。

詩是什麼？音樂是什麼？我和小女兒以各自的角色相互言說，形成交互的答案，也形成關連性。

我在書寫時，小女兒在練琴時，似乎有相同的情境，她握著琴弓，而我握著筆。她面對樂譜，而我面對稿紙——其實是面對世界。小女兒和我，都在面對和呈現中努力著。只是她是再現，而我是發現。

一段情景，蘊藏著意義。小女兒結束練習後，有時會走到我的書房門口。這是在樂音消失之後的動作，如果我正在出神，不一定立即看到她站在門口。稿紙也像在等待書寫，等待發聲。一行一行的詩句也有聲音，空白就是靜默。

這樣的對照是小女兒和我的生活經驗。這樣的對照也讓我思考詩的音樂性格。聽覺性在朗讀時更能夠感受，因為聲音的效用讓語言在傳達意義時，有增進的功能。

但語言在文字形態時，與音樂形成對比：靜默與放聲的對比。小女兒說音樂是律動的詩，與詩是靜靜的音樂，形成對照，也擴充了詩的意涵。

那年，小女兒十一歲。

## 42. 一首詩的開啟

日出印象

翻過夜的書頁
越過夢的褶曲

光耀的手
從地平線伸出
綻開草地上的牽牛花

啊
我讀到美的定義
從每一個花蕾的開啟

而從綠色葉脈
意義的紋路蔓延
一如語言的繁衍

有鳥的鳴唱
從枝椏傳出
在樹叢裡回應光的觸撫

鳥的跳躍
描繪並計量著
光與彩

是了是了
日出就像詩的開啟
從死滅和寂靜

經過夜與夢
種子在光與熱中
獻身

繁茂成枝與葉
深入土地
伸向天空

開出花的姿影
完成意義的
形貌

（一九九三）

◆

一首詩的開啟就像日出。

這是把一首詩的孕育過程放在夜與夢之經歷而描述的。夜與夢，有相互關係。夜是時間的經歷，夢是在入睡時偶過的潛意識或下意識，甚至無意識狀況的呈現。

相對於夜和夢，日出是光耀的開啟、呈現。一首詩的開啟，甚至完成，在某種意義上來說，就如同日出一樣，彷彿一種神秘的力量，伸手觸及而綻開一朵花。早晨的牽牛花開，是因為晨曦的觸撫。這種現象常讓我想到詩的開啟。

俄羅斯詩人愛赫瑪托娃曾以繆斯之喻，說但丁的《神曲》是詩歌女神的口諭，意味的是靈感的作用，一種超自然的力量，也是詩人的天賦。

當一首詩形成時，首先讓人讀到美的定義。一首詩的開啟就像一朵花綻放，像每一個花蕾的開啟，不是嗎？藝術，從形式而言，首先是美。

孕育的過程經歷夜與夢的過程。也有詩人用水與種子的比喻，描述一首詩形成的過程，有詩的（poetry）和詩（poem）的況味。從經驗的孕育到書寫的完成，是有空間性條件也有時間性條件的。

順勢而為的過程，其實經歷作為一個詩人的不斷考驗、試煉。先是花，再來是葉，我用來描述詩的形貌。行句繁衍意義的脈絡，支撐花的形影。葉片的脈絡和枝葉的形貌，襯托著花，不是嗎？

枝椏傳出鳥的鳴唱聲，因為語言是有聲音的。而日出之光探照樹叢，光影和聲音交織，並且被鳥的跳躍計量著，彷彿行句之間隔。是意義的，也是空間形式的。

一首詩的開啟只從死滅和寂靜之境呈現的，就像是出於黑暗的終了，或終結黑暗。是了是了，是我回應自己，是我的答案，也是我的確認、我的強調。

每一首詩，都是一個種子經過夜與夢。有時這不盡然是現實的夜與夢，而是一種情境。種子獻身，是因為光，是因為花的綻開。因為這時候，種子已萌芽成枝葉，開出花，而它的根扎入土地的現實。

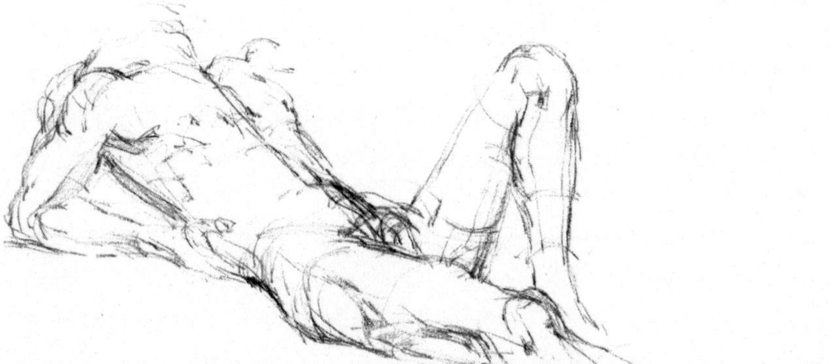
L.W.T

## 43. 閱讀，意義之旅

### 在語言的森林

輕輕地
我打開書的門
每一個字
是一個鍵
在語言的森林
鳥鳴的樂音帶引我
穿梭在字與字之間
意義的葉片
搖曳在風中
應和著大地的脈動

溪流裡
延伸許多隱喻
天空的象徵照在清澈水面
有時明亮
有時黝暗

思考的魚群
沿著流水
在漩渦中翻滾
某些逆流而上的動向
征服物理的律則
宣示生命能量

水濕的地表
一些落葉
一些苔蘚和草花

記錄著時間的形跡
形構著另一個世界
無限寬廣
無限深

（一九九四）

◆

閱讀，是一種意義之旅。

經由文字這種語言的符號，閱讀者在意義的符碼穿行，彷彿穿行在森林裡。文字，書寫的行句，篇章，冊頁……其實就是森林。

我喜歡閱讀，無所不在地閱讀。詩、散文、小說，社會學和政治，哲學和經濟……一本書在手上翻閱著，觸撫並探詢著書寫者經由不同文本呈現的世界。

詩人，面對著語言，編織著意義的地圖。從語字可以巡梭精神的行跡。在語言的森林裡，首先，我想到聲音。如果行句是語言的森林，那麼聲音——語字的聲音，無疑可以想像是鳥鳴之聲，吟唱著某種聲音。

語言，首先是一種聲音。

接著語言是某種形象，語字有聲音的翅膀，讓意義飛行。而其形象，彷彿林木的葉片，是視覺性的風景；而其形象，也像是森林裡的溪流，穿越林木而流淌著、延伸著。穿過葉片，光從天空探照下來，照在溪流上，水面映著光的形影。在閱讀時，行句的意義並不只是一種情境，或明或暗，或顯或隱，語言行句的形象是多變化的，有時在明暗對比中撕裂、拉扯。

重要的不只是聲音，也不是形象，而是意義。聽覺性和視覺性，是為了思考性而存在，是翅膀或橋梁，承載意義的質量。過度遷就聽覺性，或遷就視覺性，容易陷於形式主義的窠臼。重要的是凝視，傾聽其中的重要意義，被思考的魚群帶著，有時候有反逆性，有時候順沿而行。矛盾、衝突、多面向，在隱喻中的意義質量掩藏著，特別是詩。

森林裡常常是潮濕的，許多生命蘊含在其中，滋養在其中。覆蓋之物掩藏著時間的歷史，其實就是充滿豐富意義的空間。這樣的時間性和空間性，構成的意義世界，是寬廣的，也是深刻的。

在閱讀時，我這麼探尋著。在書寫時，我也這麼思索著。行句構成的語言森林，是一個意義的世界，一個生動的意義領域。

## 44. 為了綠色和平的國度

### 心聲

我只歌頌土地
如果我只能愛一個對象
那無疑就是妳
——我們的島嶼

我只讚美自然
如果我必須獻身
一定是為繁茂的草木
鳥的鳴聲

我夢想——

在島嶼的海邊
台灣的孩子們在那兒歌唱
視野無限寬廣

我夢想——
在島嶼的山上
台灣的孩子們在那兒跳躍
伸手摘取天空的星星

我夢想——
在島嶼的鄉村
台灣的孩子在那兒成長
從自然中學習生命的律動

我夢想——
在島嶼的都市

台灣的孩子在那兒茁壯
新的秩序在他們手中開創

島嶼的航程和方向
是為了這樣的夢想
我們流過的血和汗
也為了這樣的希望

編織夢想
描繪希望
為了綠色和平的島嶼
——台灣

（一九九四）

◆

一九七〇年代末期，鄉土文學論戰期間，我在《笠》發表系列詩輯〈母音〉，副題標示了「土地啊，為何妳總是沉默？」是我對於歷史長期戒嚴統治困厄之境的台灣——我們賴以存在的國度——的感懷。就像我們的父母，在時代的困境裡，總是默默承受。

但是，我們要說話。我的那時期詩作結集《野生思考》和後來的《戒嚴風景》，是我一九七〇年代末到一九八〇年代的詩情與詩想。一九九〇年代的詩集《傾斜的島》，凝視著我們經歷苦難的島嶼，描繪著國家建構的願景。〈心聲〉表達了作為一位台灣詩人的意志和感情。

我只歌頌土地：我只讚美自然。是說我的詩介入政治、介入社會，但我不會去歌頌政治人物，去讚美權力現象。一九九〇年代中期的台灣，從戒嚴體制解放出來的社會，政治改革運動積極化，有些政治人物因孚眾望而被矚目，被期待。但我深知「權力使人腐化，絕對的權力使人絕對腐化」的真諦，並深記美國詩人佛洛斯特（R. Frost）名言：「權力使人腐化，詩使人淨化」的名言，努力想作為一位不依附政治權力、有為有守的詩人。

我的夢想，作為一位台灣詩人的我的夢想是：台灣的孩子們能夠在自由的環境中成長、茁壯，能夠在民主化的獨立國家歌唱、跳躍，而不再受到政治困厄之境的苦難。我們的政治改革運動難道不就是為了這樣的夢想嗎？二〇〇〇年、五月二十日，改變中國國民黨統治長期化的一場盛典，我應陳水扁總統之邀，在就職典禮朗讀了〈心聲〉，我和蕭泰然合作的〈玉山頌〉並在國家交響樂團演奏中，由兩百人編組的合唱團演唱。

這首詩的行句，以通行台灣歌詞形式，部分被我改編在與蕭泰然合作的《為殉難者的鎮魂曲——啊！福爾摩沙》中。

成為四個合樂章中，最後樂章〈美麗的國度〉的部分歌詞。這是一首包含一個序章，四個合唱樂章的交響詩。是為了紀念陳文成而擴大延伸為紀念台灣歷史上殉難人們而譜寫的樂曲。

L.W.T
92

45.

# 為美麗島嶼，為美麗國度

## 如果你問起

如果你問起
島嶼台灣的父親
我會告訴你
天空是島嶼台灣的父親

如果你問起
島嶼台灣的母親
我會告訴你
海是島嶼台灣的母親

如果你問起

島嶼台灣的過去
我會告訴你
血淚滴淌在歷史的足跡

如果你問起
島嶼台灣的現在
我會告訴你
腐敗的權力正對著心靈破壞

如果你問起
島嶼台灣的未來
我會告訴你
踏出腳步才能去開採

對著天空
對著海

島嶼台灣的身世
深深印在心內

對著過去
對著未來
你我牽手
在受傷的土地描繪新世界

為美麗島嶼
踏出希望的旅程
為美麗國度
踏出重建的道路

（一九九四）

◆

一九九四年，林義雄象徵性領導「核四公投，千里苦行」，在台北市的龍山寺出發、以逆時針方式，從台灣西部向南，經由南迴、東部，再北迴到出發地。以苦行方式，喚醒人們的自決權力，要求公投立法，並以核四廠是否繼續興為標的。我應邀在出發之刻朗讀了〈如果你問起〉這首詩，以通行台語。

以問答的方式呈顯設題，既有歷史、也有現在、更有未來。開始時，台灣身世的探索。我以天空和海引喻台灣的父母，改變孤兒的心態，形塑島嶼台灣的主體性，我們曾是亞細亞的孤兒，但我們不要再做孤兒。

以血淚滴淌在歷史的足跡，描述過去；腐敗的權力正對著心靈破壞，描述現在；以踏出腳步才能去開採，描繪未來。這是遠離孤兒情境的積極態度。與其一再唱哀歌，我希望我們的國度能夠經由自我重建，形塑一個新國家，形塑一個新社會。

以「如果你問起」的複沓形式，不斷在答覆中回應。彷彿我與我的對話，也像是我與人們的對話，或像是我與質疑我們國度追尋自我重建的努力對話。記得，一九九四年的一個上午、在台北市龍山寺廣場，在聚集的人群：千里苦行的隊伍和在場鼓舞的群眾，輝映出某種詩的力量，一種話語的力量，激發某種熱情，也凝結某種意志。

對台灣的身世，在追尋中嘗試著回應更為積極，更具自信的態度。對於歷史、對於現實，對於憧憬，也以更為進取之心面對介入，因為，我不想持續唱哀歌，我要吟唱希望之歌，要懷抱夢想和希望，要描繪願景。

為了我們美麗的島嶼，為我們美麗的國度，難道我們不要踏出希望的旅程，踏出重建的道路嗎？「核四公投，千里苦行」就是一種實踐。

為了走出歷史悲情的自我重建力量。就是這種力量，改變了台灣長期被殖民的困境。就是這種力量，會讓台灣的國家願景實現。

這首詩的行句，也以通行台灣成為〈為殉難者的鎮魂曲——啊！福爾摩沙〉這部我與蕭泰然合作交響詩的第一樂章歌詞。

L.W.T
96

# 46. 我和德國朋友沿著萊茵河散步

## 在科隆的一個夜晚

夏天的夜晚
科隆城的星星俯瞰著萊茵河
在水聲的回應中眨眼睛

大鐵橋像弓著背的貓
蹲在遠方
等待另一個黎明

我和德國朋友沿著河濱散走
他在家鄉而我在異國
在戰時他也曾這樣行走

轉入電車軌道延伸的街路
夜晚的咖啡館
映著月光的玻璃窗

再過去
是羅馬人遺留下來的城門
更遠處大教堂的尖頂沉默著

買一份晚報吧馬丁教授說
看看塞拉耶佛的事況
來一杯科隆啤酒

細長的玻璃杯握在手中
那感覺真是冰涼
一直到脾胃裡

而遠方的戰爭
火熱熱的呻吟
在黑暗裡發出聲音
隨著末班電車
在轉彎過後
才和杯子裡的酒一起消失

（一九九七）

◆

一段一九九六年的記事，留下這首詩。

那年夏天，我應邀到德國漢堡，在歐台會年會演講，並應漢學家馬漢茂（Dr. Martin）之邀訪問波鴻魯爾大學，在馬漢茂的課堂對一些關心台灣文學的德國學生發表我對於自己作品和對我國度的文學、政治的意見。當時，馬漢茂指導的學生晨悟

（Hussan Wassim）正以《認同的探索在台灣：詩人和批評家李敏勇》（Identitatssuche in Taiwan : Dor Dichter and Kultunkritiker Li Min Yong）為主題，撰寫研究我的論文。

馬漢茂和他的夫人廖天琪在波鴻的郊區有一棟房子。學校有課期間，他住那裡。假日，他常到科隆的公寓——他成長的城市。我和內人既住他郊區的房子，也到他科隆的公寓住了一晚。這首詩是記述那晚的經歷。

白天，我們在德國之聲的一個對亞洲廣播的節目錄音，馬漢茂訪問我，談詩，並朗讀了詩。那時候，我用台語朗讀的ＣＤ《一個台灣詩人的心聲告白》（上揚唱片）剛出版。節目過後並答應播放我的ＣＤ詩集。

記得那時候路易美術館正以「我們的世紀」為題，分別從「都市的光榮與黑暗」「肉體與精神」「法西斯與共產黨」「地景」……等角度，展示二十世紀許多重要畫家的作品。但我留下的詩是夜晚散走的情景。

科隆是羅馬人入侵過的城市，城門仍然存在：大教堂也是地標；大鐵橋和萊茵河更是留在記憶的風景。但我記述的是與馬漢茂散步、交談的事況。詩裡的德國朋友就是他，馬丁教授就是他。

那陣子波士尼亞的塞拉耶佛，內戰打打停停，是世界焦點新聞，令人關切，戰火的熱，啤酒的冰涼，恰成對照。科隆的啤酒杯細細長長，握在手裡，是在地氣氛，引射對照的他域情況。

地面電車在轉彎處發生磨合之聲，一直要等到夜深末班車過了，才會安靜下來。配合飲盡啤酒，和夜晚的散步行程一起結束。我的一段科隆夜經驗伴隨著朋友——雖然已逝——依然留存在記憶裡。

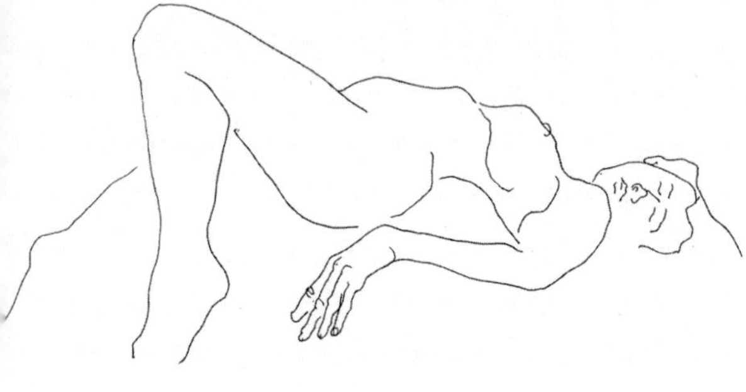

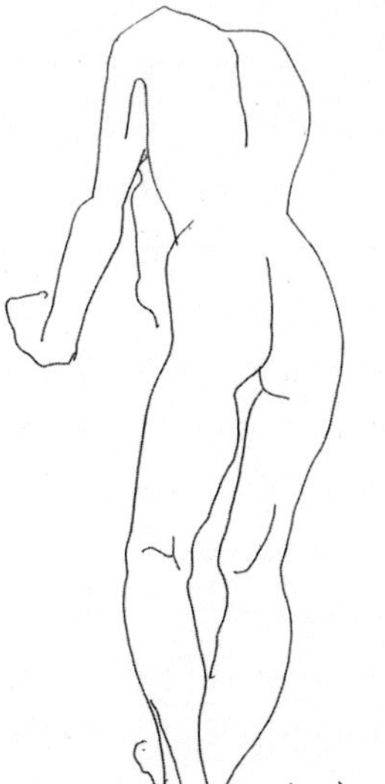
L.W.T

## 47. 我的同胞只喜歡輕薄的語字

### 夜晚在航機上讀詩

旅行回來的途中
把夾在護照的花瓣放在書頁
遙遠的國度印在心版
原野一排絲杉襯托夕陽
航機上的夜晚
細讀辛姆波思卡的詩
一些人僅僅喜歡一般的詩
她說

我是另一些人
在詩集裡聽到鹿飛奔的聲音

獵人在追趕
森林藏匿著現實

辛姆波思卡是一位波蘭詩人
而我是台灣的詩人

透過翻譯
我們在詩裡交談

我用我書寫的語文
讀她一首詩裡的句子

「原諒我，張開傷口，



・附記：辛姆波思卡（W. Symborska，1932—2012）波蘭詩人，一九九六年諾貝爾文學獎得主。

原諒我刺破我的手指。」

打開航機的窗罩
我在夜空尋找小星星

在某顆小星星下
辛姆波思卡使笨重的詞顯得靈巧

我在小星星的亮光中
憧憬一個新的國度

以詩的力量
我們嘗試某種革命

在意義被喚醒時
誰說不可能

「也許一首詩的重量
可以傾倒地球」

已逝的台灣女詩人詩句
使我得到鼓舞

但我的同胞
只喜歡輕薄的語字

在航機上沉睡著
張開習慣沉默的口

一株株傾倒的樹
在空中移動的森林

（一九九七）



·附記；已逝的台灣女詩人是陳秀喜（1921—1991）。

從歐洲飛回台灣的航行經驗，我在辛姆波思卡獲頒諾貝爾文學獎的翌年，寫了這首詩。是從異國航行返回自己國度的記述，交集著兩位女詩人，一是波蘭詩人，另一位是台灣的陳秀喜。

長途飛行，適合閱讀，尤其讀詩。因為辛姆波思卡剛得到諾貝爾文學獎，漢譯資料多出來。我喜歡她使笨重的詞顯得輕巧的詩。

詩裡引用了辛姆波思卡「原諒我，遠去的戰爭，／原諒我把鮮花帶回家」，以及「原諒我，張開傷口，／原諒我刺破我的手指」，出自她的一首詩〈在某顆小星星下〉，也被引述在這首詩成為行句。

我讀她的詩，細心思索她的意會——以一個晚於她的後輩，回應她我能讀出「鹿在飛奔，森林藏匿著現實」的隱喻。她的詩記憶了歷史，記憶了遠去的戰爭——以一個溫柔的口吻，她請求諒解，因為他不只張開傷口，刺破自己的手指；因為她把鮮花帶回家。紀念的鮮花，也是撫慰的鮮花。

夜晚的航機上讀詩，讀辛姆波思卡的詩，摸索，觸探她的意旨、意符。她在某顆小星星下，進行詩的寫作。而閱讀她詩的我，何嘗不也在小星星的亮光中，憧憬著想要追尋的夢？嘗試著以詩進行某種革命，嘗試著經由喚醒意義，推動某種革命。

我想到陳秀喜的一首詩〈也許一首詩的重量〉，她的「可以傾倒地球」的夢想，何等氣魄！以一位女性詩人，顯現的夢想，多麼動人。也許，這就是她從日本語而漢字中文，不停地書寫的原因。

雖然得到鼓舞，從辛姆波思卡，從陳秀喜，但也不免因為一般人僅僅喜歡一般的詩，或我們國度的人們只喜歡輕薄的語字而感到失落。

機艙中燈光熄滅的夜晚，疲憊的旅行者睏倦地熟睡，看著一些人張開原來習慣沉默的口，不是為了發言，而只是熟睡反應，彷彿一株株傾倒的樹，彷彿一片森林在空中被移動。

一段航機記事，一個台灣詩人在不同國度兩位女性前輩詩人的行句裡，思索著意義的課題。

## 48. 每一本詩集都是自白書

### 自白書

我的朋友
以一本詩集為誌
結束詩人生涯

他說
有些詩人
讓人感到羞恥

他的感想和我一樣
但我選擇
繼續寫詩的道路

為了詩
我顫慄的舌尖
在意義的黑夜觸探

這樣的想法
有時候
讓我難為情

我害怕
現實的陷阱
道德的怯懦

孤獨地仰望星星
面對廣漠世界
我也尋求慰藉

在草地上
想像地心火紅的岩漿
是我心靈的故鄉

詩
其實是
自己面對自己的備忘錄
每一本詩集
都是自白書
向歷史告解
人生的罪與罰
愛與歡樂
種植在心田的言語之樹

飄蕩在風中
寂寞或憂傷的
聲音

我
以一本新詩集
開始

（一九九七）

◆

在尋覓詩的歷程，我也有沉默無語的時候。在戒嚴體制的長時期，惡品質及反教養充塞詩壇，詩的困厄既是美學上的，也是倫理上的。那樣的困厄情境，有時讓人氣餒。

如果追求權力，應該從事政治；如果追求利益，應該從事經濟活動。好的政治和經濟活動也會有文化意義與價值。但文化，特別是詩，本身就應該是意義與價值的思辨、呈顯。懷抱這樣的想法，面對戰後台灣詩的狀況，就會感覺困厄情境。

〈自白書〉是我沒有特定指謂對象的批評，也是我對自己的反思和期許。有時候，想到一些朋友從詩人之路退出，而且只是因為質疑詩人之路的意義，氣餒就會因而萌生。

詩社、同人，就是懷抱著一些共同的夢想而一起切磋，才存在的。詩人吳瀛濤（一九一六—一九七一）臨終前的一首詩〈天空復活〉說自己「被剖開的胸膛／是一片晴朗的天空／是鳥曾經走過去，又將要飛過去的輝煌的境域」，回應在白萩的〈復活天空〉，有「天空的復活是／由於鳥群不停地飛翔」的行句。個人是一隻鳥，團體則成為鳥群。共同的夢想讓詩社和同人朝向憧憬之路前進。

有些詩人朋友過往而停筆，也有些詩人因失望而停筆。為什麼要繼續走在寫詩的道路？我問自己，也嘗試回答。〈自白書〉是我吐露的反思。我不想、也不會成為讓人感到羞恥的詩人。

詩人的話語呈現思想和感情，我是這麼想像自己的工作、這麼想像詩人這個角色的。自視過高？這樣的想法有時候讓我難為情，就是這樣的意思。

現實有很多陷阱，道德上的堅持也不見得那麼輕易。在詩這條路的摸索，害怕掉落在陷阱，害怕因為怯懦而失責。面對世界的廣漠，夜晚仰望星星時的孤獨感，都必須尋求慰藉，才有力量。把心靈和地心連結在一起的想像，又是那麼堅強。

每一首都尋覓著意義的行跡，像自己面對自己留下的備忘錄。是人生的語言，也是詩人對人生的提示。

# 49. 一首詩應該是一個許諾

## 備忘錄

一首詩應該是
一個許諾
黑暗中晃動的燈光
寒風裡
霧夜中
航行船隻的汽笛聲
為相遇的旅人響起
閃亮的語字
在陽光下跳躍
雨天街路

水花綻放某種意象
意義譜上光彩
萌芽
穿透暗黑的土壤

鴿子飛在林木間
羽毛掉落在枝葉
和平的信號
從遠方戰場止息的硝煙中
拍發喜悅的符碼
有人以眼淚迎接陣亡者
有人為歸返的情人獻上花環

詩人應許的國度
以樹葉和花繪成旗幟
號角吹出的奏鳴曲代替征戰之歌

因季節的嬗遞憂傷
因歡喜而落淚
愛惜每一個字
為語言剪裁合適的衣裳

（一九九七）

◆

〈備忘錄〉是和〈自白書〉相呼應的一首詩。在〈自白書〉裡，我說「詩／其實是／自己面對自己的備忘錄」，在〈備忘錄〉裡，我探究詩是什麼？探究著我認為的詩是什麼？

一首詩應該是一個許諾。我想到寒風、霧夜，想到燈光和汽笛聲，想到船隻和旅人。情境是帶有浪漫性的。也許，我就是我的詩性感情。

燈光是信號，汽笛也是信號。分別是視覺的和聽覺的。寒風和霧夜，是某種困厄之境。詩在困厄之境是有意義的，我這麼想，也期許自己這麼寫詩。

閃亮的語字是說詩的行句。詩應該讓人感受到語字的光輝。不是美文，而是意義的光輝。常常看到下西北雨時，柏油路面跳動的水花，在陽光中似乎讓意義譜上光彩。暗黑的土壤裡，種子從那兒萌芽，而水是孕育種子的營養。

鴿子既是和平的象徵，飛在林木間的鴿子掉落在枝葉的羽毛，無疑就是和平的信號了。我想到戰爭，想到戰火已停的戰場。在我們的時代，或人類在任何時代，似乎都有戰爭的陰影。我不願歌頌戰爭，我喜愛和平的訊息——從止息的硝煙中，拍發喜悅的符號，意味的就是了。

但是，雖然戰火停了，和平的信息中，有悲有喜。有面對陣亡者的家人；有迎接情人的女人。人類面對的世界，詩人面對的世界，歡笑和悲傷同在。

詩人不同於政治家，不同於經濟人的是什麼呢？詩人應許的不是國家的富強。面對戰火不斷的世界，詩人應許的國度也許是烏托邦，也許是夢想，也可以描繪出來。

能夠以樹葉和花繪成旗幟嗎？在詩人的想像中，那是可以的。不吹奏征戰之歌，代替的是奏鳴曲。這才是真正的音樂，因為季節的嬗遞，而不是為其他事況感傷；因為歡喜而落淚，而不是為了悲哀的事情。真摯地流露詩的行句，不揮霍語言文字。而且貼切地表現每一首詩的形式，像剪裁合適的衣裳一樣。

# 50. 我的國家只隱藏在我心裡

國家

我的國家
只隱藏在我心裡
沒有鐵絲網
沒有警戒兵
用樹葉編成的旗幟
飄揚在風中
樹身就是旗桿
遍佈島嶼的土地

有鳥的歌唱在樹林裡
隨著風的節拍回應自然的呼吸

（一九九七）

◆

台灣是一個國家認同混淆的國度。

一九四五年八月十五日之前五十年，台灣在日本殖民統治下，台灣人唱「君の代」日本國歌；戰後，因為祖國的迷惘與迷障，台灣人沒有像其他被殖民地一樣選擇獨立，而成為中華民國據占地，被類殖民地似地統治。

戰後台灣的中國經驗，先是一九四七的二二八事件，入據的統治者藉機殺害知識分子文化人，弱化台灣的意識與精神。繼而，中華民國政府流亡來台，中華人民共和國起而代之。在台灣的國民黨中國隔海與共產黨中國相互對抗，台灣成為反共基地與被計畫解放之地。

國民黨中國與共產黨中國以各自的意圖鎮壓台灣，政治意識型態是右左，但骨子裡卻是中國的封建性。在台灣人自主性提高，民主化水準提升，建構一個新興獨立國家的意志增強之時，國共從國家對敵到政治策略聯手制台，就是例子。

有些人在國民黨中國洗腦下搖動青天白日旗，有些人在共產黨中國洗腦下揮舞五星旗。其實，這都只是在迷惘和迷障中的反應。為什麼有那麼多人請領他國國籍？黨政軍公教的牙刷主義分子熱衷向外尋求其他國家的身分，為什麼？

我心目中的國家只隱藏在我心裡，一是現在的國家並不是我的國家；另一則是我心目中的國家其實無法在現實中實現。

哪有國家沒有鐵絲網，沒有警戒兵的？國家在某種意義上是一群人民在一個領域土地上有主權的共同體形式。有邊界與他國區隔，有軍隊、警察守護、保衛。

表面上，我拒否虛構、殘餘、他者的國家。但更高的層次是我嚮往一個理想國、烏托邦——一個用樹葉編成旗幟，用鳥聲當做國歌的國家。

這首詩的意象，被我擷取在與蕭泰然合作的《啊！福爾摩沙》——為殉難者的鎮魂曲中，四首合唱曲尾聲的〈美麗的國度〉，是一個台灣詩人的心聲。

我愛一個真實的國家，更愛一個美麗的國家。

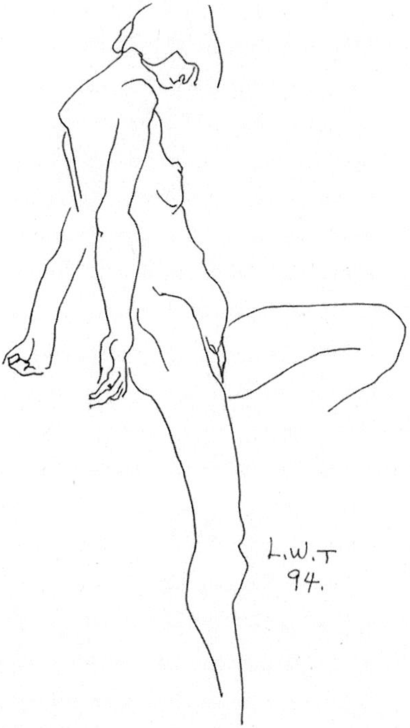
L.W.T
94.

國家圖書館出版品預行編目資料

是春天為我們開門的時候了：一個臺灣詩人 心的秘密 / 李敏勇著. -- 初版. -- 臺北市：圓神, 2012.10
256面；14.8 × 20.8 公分. -- （圓神文叢；125）

ISBN 978-986-133-424-0（平裝）

848.6 101016627

The Eurasian Publishing Group
圓神出版事業機構
用心與你對話・視野無限寬廣
圓神出版社
Eurasian Press

http://www.booklife.com.tw inquiries@mail.eurasian.com.tw

圓神文叢 125

**是春天為我們開門的時候了——一個台灣詩人 心的秘密**

作　　者／李敏勇
發 行 人／簡志忠
出 版 者／圓神出版社有限公司
地　　址／台北市南京東路四段50號6樓之1
電　　話／（02）2579-6600・2579-8800・2570-3939
傳　　真／（02）2579-0338・2577-3220・2570-3636
郵撥帳號／18598712　圓神出版社有限公司
總 編 輯／陳秋月
資深主編／沈蕙婷
責任編輯／莊淑涵
美術編輯／劉鳳剛
行銷企畫／吳幸芳・凃姿宇
印務統籌／林永潔
監　　印／高榮祥
校　　對／林欣儀・莊淑涵
排　　版／陳采淇
經 銷 商／叩應股份有限公司
法律顧問／圓神出版事業機構法律顧問　蕭雄淋律師
印　　刷／祥峰印刷廠
2012年10月　初版

定價 270 元　ISBN 978-986-133-424-0

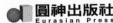